剧本写作实战技巧

JUBEN XIEZUO SHIZHAN JIQIAO

高华 陈力生 [著]

中国戏剧出版社
CHINA THEATRE PRESS

图书在版编目（CIP）数据

剧本写作实战技巧 / 高华，陈力生著．— 北京：
中国戏剧出版社，2022.8（2023.6 重印）
ISBN 978-7-104-05213-5

Ⅰ．①剧… Ⅱ．①高… ②陈… Ⅲ．①剧本一创作方
法一教材 Ⅳ．①I053

中国版本图书馆 CIP 数据核字（2022）第 064671 号

剧本写作实战技巧

责任编辑：张　霞
责任印制：冯志强

出版发行：中国戏剧出版社
出 版 人：樊国宾
社　　址：北京市西城区天宁寺前街 2 号国家音乐产业基地 L 座
邮　　编：100055
网　　址：www.theatrebook.cn
电　　话：010-63385980（总编室）　010-63381560（发行部）
传　　真：010-63381560

读者服务：010-63381560
邮购地址：北京市西城区天宁寺前街 2 号国家音乐产业基地 L 座

印　　刷：北京九州迅驰传媒文化有限公司
开　　本：787mm×1092mm　1/16
印　　张：14.25
字　　数：190 千字
版　　次：2023 年 6 月　北京第 1 版第 3 次印刷
书　　号：ISBN 978-7-104-05213-5
定　　价：98.00 元

序

问：剧本写作有很多技巧和原则需要掌握，是吗？

答：是的。

问：请给我推荐几本有真知灼见，真正可以指导剧本写作的编剧类工具书。是教授实战法门的编剧类书籍，而不是只有理论的研究类书籍。

答：你可以看《救猫咪》。

问：只有这一本吗？

答：是的，只有这一本。其他的看了对实战帮助也不大，甚至有些还会搞乱你的思维。

问：《救猫咪》是美国作者布莱克·斯奈德写的，请给我推荐一本中国作者写的。

答：没有。

问：一本也没有？

答：一本也没有。

我从2006年开始任教于浙江传媒学院至今，主讲剧本创作，上述对话是3年前，一个学生课后的提问和我的回答，最后他失望而归。

这位学生如此信任我的判断，是因为我不单花了10多年时间在大学教授剧本创作的课程，并且自己也完成过相当成功的作品。我的35集电视剧作品《面具背后》（第一编剧）在央视八套首播，连续12天占据全国收视率第一的位置，而我的电影作品《7 把枪》（第一编剧）在央视六套首播之后又连续重播了 5 次，每次都获得同类电影全国收视率第一的殊荣。我的电影作品《盖世武生》（第一编剧）曾经使我获得浙江省最佳编剧的荣誉。

我在大学教授了 10 多年剧本创作课程，又做了 10 多年专业的影视剧编剧，10 多年的编剧工作让我赚取了数额不菲的稿费，实现了个人的财务自由。在编剧理论与实践两方面，我的经验都十分丰富。

我说的都是实话，能用于实战的编剧工具书，国内一本也看不见。

国外的情况也并不比国内好多少，除了一本《救猫咪》之外，乏善可陈。当然勉强要提的话，我也可以说悉德·菲尔德的《电影剧本写作基础》还不错，但是《电影剧本写作基础》成书于 30 多年前，年代太过久远，对市场的判断和写作思路都显得过于老旧。

尽管有些书名气很大，比如《21 天搞定电影剧本》，但指望这本书能指导你的编剧创作，估计你 21 年也卖不掉一个剧本。

这些书都不实战！好的编剧都干什么去了？为什么他们不来完成这份工作？

一、因为剧本荒

全世界都在闹剧本荒，好的剧本永远是大家等待争夺的香饽饽。好的编剧也永远有干不完的工作，他们都是各大制片人、影视公司老总的座上宾，他们手头上总有几份剧本合同在同时执行。

我曾经在国内最大的专业编剧公司“派乐传媒”工作过 3 年，担任首席编剧和编审的工作，受过派乐传媒的创始人、编剧大师张永琛老师（《像雾像雨又像风》《京华烟云》的编剧）的教诲，他的教诲对我影响巨大。张老师有过一个论断：全国能独立支撑起一个项目的编剧不超过 100 人。第一次听到这个数字，我吃惊地张大了嘴巴。张老师告诉我，别惊讶，就是这 100 人支撑起了整个中国影视剧的市场，而一年上万部作品都指望着这 100 人来完成。

即使我把这个数字放大 10 倍，全国有 1000 位出色的编剧，可是每年中国的电影产量是多少？剧集（包括网剧和电视剧）的产量是多少？他们每个人创作的速度又能有多快？

他们太忙了，在剧本荒如此严重的今天。

无论是张永琛老师，还是派乐传媒的另一位编剧大师陈文贵老师（《铁齿铜牙纪晓岚》、焦恩俊版《小李飞刀》的编剧），他们都一直活跃在编剧的舞台上。无论是自己写作还是对弟子们言传身教，他们都为编剧事业付出了巨大的心血。尽管一部一部作品不断涌现，一个一个学生走向市场，他们桃李满天下，但是他们从未想过写一本书来教授大家编剧实战技巧。这始终是真正实战出色的编剧们的盲区。

二、因为他们不讲理论

真正活跃在一线的编剧从不讲理论。他们都非常有写作经验，但是他们的写作经验都是在实战的摸爬滚打中得来的；他们都有良好的写作习惯和直觉，但是从没打算也认为没必要把它们抽象出来总结成一条一条的理论来写成书籍。

从 2008 年开始，我一边任教一边写剧本。进入编剧圈子 10 多年，我已经算理论知识比较丰富的编剧了，甚至在派乐传媒时还曾经开课和这些专业编剧交流自己的写作心得。但是只要一接触到具体编剧工作，我和编剧搭档对话的开头永远是“如果我写这个人物，我会这么写……”而不是“你这个人物没找到人物需求……”。只要进入实际编剧工作，就换了一种思维方式，用直觉和经验来写作，因为那样够直接、够有效，在实际创作工作中是效率最高的。

因为他们太实战而不理论，所以即使他们打算写一本编剧实战理论书，也不太可能完成。你拿一个剧本给他们分析，他们读完以后马上分析得头头是道，哪里有问题，哪里应该修改，都一针见血，甚至会告诉你应该如何修改，或者哪里改一点点就可以化腐朽为神奇。但是如果你问："那么您觉得怎么才能塑造出鲜明的人物？"他们的回答则是："嗯，你说的哪个人物？哪本小说？哪个本子？"他们只解决实际问题，从不考虑抽象问题，也从不做系统的、有条理的总结。

这也难怪，毕竟"艺术家和观众之间的交流是直接通过感觉和知觉，直觉和感情来表达思想。它不需要仲裁者和评论者来将这一交流理性化，用解释和抽象来取代那种不可名状的感觉和知觉"。[①]

所以实际情况是，如果你有幸能听听这些有经验的编剧高手们的讲座，恭喜你，你就当听着玩吧，对你不会有多大帮助，如果一两句话或者一两个小时就能把编剧普遍的技巧要点说清楚，这个世界就不会闹剧本荒了。如果你有幸成为这些出色的有实战经验的编剧们的学徒，恭喜你，好好在实践中向他们学习吧，通过他们在一个个具体项目中的言传身教，你才会学到真正的东西。

所以不管是在中国还是在好莱坞，或者在世界任何一个角落里，对于编剧工作来说一直都是师父带徒弟这种言传身教的学徒模式效果更好，公开授课或者让徒弟看书自学往往会事倍功半。

那么既然学徒制的效果更好，为什么我们还是需要出色的编剧实战技巧

---

① ［美］罗伯特·麦基：《故事》，周铁东译，中国电影出版社2001年8月第1版，第133页。

书籍和大学授课的课堂?

“制片厂内由经验丰富的故事编辑大师们负责监督的学徒制度却是功不可没的。那样的日子一去不返了。……当今的制片厂经理人也许具有识别天才的能力，但他们却极少有将一个天才训练成艺术家的技能或耐心。”①

好莱坞是这样，中国的市场也一样。

三、编剧老手都是缺乏耐心的

编剧老手像带学徒那样手把手地教授毕竟只有少数幸运儿可以享受得到。我在派乐传媒能受到张永琛老师 3 年的教诲，已经是幸运中的幸运。而初学者则需要一本实战编剧书来让他们迅速地避开弯路，迅速地掌握一些基本的编剧技巧。

要知道做这些编剧老手的学徒，本身门槛也是很高的，对他们来说一个学徒是否来之能战，是非常重要的评价标准。

如今想要成为作家的人，根本没有学好本行手艺便蜂拥到打字机前。

如果你的梦想是要当一名作曲家，那么你是否会对自己说“我已经听过很多交响曲……我也会弹钢琴……我想我这个周末便可以作出一首曲子”？不会。可是，现在许多剧作家就是这样开始的：“我已经看过不少电影了……我的英语成绩都是 A……”②

如果一个学徒连最基本的编剧入门常识都要手把手教授，那么编剧老手可能会收另外一个学徒。大学教师通常不想给小学生上课，这是现状。谁都希

① ［美］罗伯特·麦基:《故事》，周铁东译，中国电影出版社 2001 年 8 月第 1 版，第 21 页。

② 同上书，第 19 页。

望要一个半成品来雕琢成大器。

所以一本出色的编剧实战技巧书也许就是一块敲门砖，能让你敲开这些编剧老手工作室的大门。我每年授课的本科学生有上百位之多，而能够进入我个人工作室，由我通过一个个编剧项目来言传身教的学生，基本都是个位数。

四、资源是有限的

“你必须在‘事实就是这样’的范围内，找到生存方式。”[①]

为了争夺有限的资源，需要先迅速地学习基本编剧技巧。

所以我萌发了写这本书的愿望，把我在创作过程中总结出来的编剧实战技巧，做一个系统的阐述和归类。我感到尤其幸运的是：一方面，在之前 10 多年的时间里，我一直奋战在编剧第一线，而且也完成了十分成功的影视作品，一线工作经验十分丰富；另一方面，我一直没有离开讲台，剧本创作理论经验也十分丰富。这两方面的经验让我觉得我应该写一点儿心得总结，丰厚的稿费和个人财务自由的状况让我可以腾出自由时间，完成这本书的写作。尽管写作本书的进程多次被创作任务打断，但是终究还是完成了。

高　华

2020 年 4 月 10 日

① ［美］布莱克·斯奈德：《救猫咪》，王旭锋译，浙江大学出版社 2011 年 1 月第 1 版，第 137 页。

目 录

第一章
剧本类型和常见的创作误区

一、剧本类型

首先从我们到底是在研究哪一类剧本的写作技巧入手。

商业剧本！这就是我们研究的剧本类型。

换一句话来说，我们写出剧本的首要目的就是让观众随着电影中的人物一起哭、一起笑、一起紧张、一起放松，想尽办法用我们戏剧性的手法，牵着观众的鼻子走，让观众对我们的主人公产生移情作用。

整个剧本读下来，整部电影看下来，让读者或观众和剧中人物一起接受一场视觉和情感的双重冲浪，这是作为编剧的你应该完成的工作。并且这个能产生移情作用的潜在观众群越大，投资方的投资回报率就会越高，那么你卖掉剧本的概率也会越大，获得丰厚回报的概率相应也会越大。

这里有一个长期以来的误解，给商业剧本的作家泼了不少污水，似乎提到商业剧本，就是满篇的特技、飞车、爆炸、特效以及奇观化。

从来都不是这样。优秀的商业剧本恰恰是最最强调绝大多数观众的移情作用的，它一定要用剧本人物来掌握观众的心，让他们一起哭、一起笑、一起紧张、一起放松，甚至最优秀的商业剧本，不单能带给观众情感体验，还会有自己要谈的价值观。

2019 年上映的动画片《哪吒之魔童降世》，剧本描述的父子情、母子情以及友情打动了所有观影的人，它的价值观也是极其鲜明的。剧本的价值观（也是主人公哪吒的价值观）是“我命由我不由天，自己的路自己选择”。这一价值观还被当成了全剧唯一的一句口号来宣传：“不认命，就是哪吒的命。”

1. 将视觉的盛宴和人心的律动一起带给观众，才是商业剧本的终极目标

但也许是因为外在的特技特效视觉化效果太过耀眼，很多人（这里面包括一些影视圈内人）一直以来也有错觉，认为只要一个剧本堆砌不同的视觉化效果就能够吸引观众，而不注重移情作用，不注重商业剧本的故事和人物情感的搭建，炮制出一些堆砌视觉效果的劣质的商业剧本。这大概就是一直以来很多人对商业剧本误解的由来。

“‘保证商业成功’的剧本却是一种结构性过强，过分复杂化，人物设置过多的感官刺激，与生活全然无关。作者把动作误认为娱乐。他希望，撇开故事不谈，只要堆砌了足够的高速动作和令人炫目的视觉效果，观众就会兴奋不已。”①

在一个成熟的电影市场中，这类劣质的商业电影剧本可能会被炮制出来，但一定是拿不到投资的。我们也乐得见到这些所谓的商业剧本不了了之，然而中国的电影市场还远远谈不上成熟，所以我们偶尔能看到这类怪胎不单被拍摄出来，还耗费了大量的人力物力去做宣传推广。比如《天机 · 富春山居图》，整个主创团队甚至连一个富有电影编剧经验的人都没有，砸上亿的资金在这样的剧本上，确实是无知者无畏。

---

① ［美］罗伯特 · 麦基：《故事》，周铁东译，中国电影出版社 2001 年 8 月第 1 版，第 29 页。

再比如《阿修罗》，堆砌一堆空洞的概念并试图用绚丽的视觉效果来达到商业上的胜利，最后只能被市场抛弃，观众用电影票来投票，让它血本无归。

同样都用精致的画风作为电影的皮相，《哪吒之魔童降世》的宣传语是“不认命，就是哪吒的命”，强调了人物形象的塑造和全剧的价值观。《阿修罗》的宣传语是“光影即正义”。一句套话，可以套用在世界上所有具备精致画风的电影上。同样是商业电影，为什么一部能成功，一部却惨败？因为它们的出发点根本不同，制作电影的着重点也不同。

2. 四象限电影

最商业化的好莱坞甚至发明了这样一个词汇来概括我们研究的商业电影剧本的潜在观众群。

一个平面直角坐标系把整个平面分成四个象限，而标准的出色的商业电影剧本应该是涵盖所有象限的，覆盖所有观众群体的，不管种族、语言、阶层差异有多大。

布莱克·斯奈德在《救猫咪》中说得还要夸张，他希望自己写的剧本，是连原始人都能跟着一起哭一起笑的，即他的剧本是不需要具备教育水平就能看懂的。

“你一定下主角，主角努力成功的动机必须是最原始的。……最原始的驱动力会吸引我们的注意。生存、饥饿、性、保护所爱之人、死亡恐惧，都会吸引我们。”①

---

①［美］布莱克·斯奈德：《救猫咪》，王旭锋译，浙江大学出版社2011年1月第1版，第46页。

二、剧本创作初学者常见误区

如何写这一类商业剧本、如何让观众移情，怎么建立人物、怎么建立需求、怎么建立结构，这些都留待我后面一章一章分门别类地具体讲述。然而在这里，我要特别指出一些误区的存在。

这里的误区单单是指创作态度或者创作状态上的误区，并不是创作技巧上的误区。

在大学教授剧本创作的 10 多年里，我面对的是一些对编剧知识如饥似渴的学生，他们全都是刚刚接触这一行业的初学者，都有热情，但是很多人在大学学习的第一步就走入了误区，让人十分惋惜。这里我想着重说几个初学者常常经历的误区。

1. 我要做艺术电影，而不是商业电影

这是初学者最常见的误区。

我经常面对这样的学生，他们叫嚣着自己是为艺术献身的，嫌弃鄙夷商业电影剧本写作的一切法则，尤其是鄙视铜臭味十足的好莱坞法则。

他们很多人读了几页电影史，看过与电影史相关的书本上对某些文艺片的吹捧，就开始幻想成为王家卫，成为昆汀·塔伦蒂诺，成为基耶斯洛夫斯基。每次我都会告诉他们一些不知道的事实，让他们哑口无言。

电影《旺角卡门》讲了一个爱情故事，故事人物讲得清新自然，绝无半点晦涩难懂，采用的是经典的商业电影剧本的写作方法。这是初入电影江湖的王家卫的作品。

王家卫首先是精通了商业电影剧本的写作方法，如果初出茅庐就晦涩难懂、随心所欲，那么谁会把他推到编剧乃至导演的宝座上去呢？谁会把成百万

上千万乃至上亿的资金投到一个编剧、导演自己都没打算赚钱的项目中去？

在这里，《故事》的作者罗伯特·麦基应该好好给他们上一课，“作家必须精通经典形式”。[①] 布莱克·斯奈德也有话要说，“在毕加索涉猎立体派之前，他首先要成为素描大师”。[②]

如果一个初学者确实想要投身艺术电影，那么他首先必须精通商业电影剧本的写作法则。

很多艺术电影都是打破了商业电影剧本写作的一些规范和法则，才成为艺术的。昆汀打破了商业电影剧本线性讲故事的原则，用独有的颠三倒四的讲故事的方法写剧本，所以他的剧本具备突破性。有些编剧故意淡化戏剧性法则，让剧本看起来更像是生活细节的连缀（比如贾樟柯、许鞍华的很多电影），于是他们被捧为艺术家。

如果你真的有志于将来打破什么东西，成为艺术家，那么首先得知道那个你要打破的体系是什么，甚至要精通那个将来你决心要打破的体系才行。

什么？你不想精通经典形式，你只想一步登天直接坐上艺术家的宝座？相信我，这样的人在美国洛杉矶更多，还是用罗伯特·麦基那段一针见血的话来回答这些人。

“对许多人来说，这并不是因为这种形式的内在含义吸引了他们的兴趣，而是因为这种形式所代表的外在的东西。……它们不是好莱坞。年轻人被教诲说，好莱坞和艺术是相对立的。因此，那些初出茅庐者为了被人视为艺术家，便落入了圈套，他们写作剧本的目的并不是因为它是什么，而是因为它不是什

---

① ［美］罗伯特·麦基：《故事》，周铁东译，中国电影出版社 2001 年 8 月第 1 版，第 74 页。

② ［美］布莱克·斯奈德：《救猫咪》，王旭锋译，浙江大学出版社 2011 年 1 月第 1 版，第 95 页。

么……抛弃了结局、主动人物、时间顺序以及因果关系。结果，矫揉造作毒害了他们的作品。”①

2. 为什么一提到剧本写作就提稿费，这太铜臭了，我不在乎钱

这是初学者常见的误区。

你不能不在乎稿费，因为市场用稿费来衡量一个编剧，这一点我相信中国的编剧市场、美国的编剧市场乃至全世界的编剧市场都是一致的。

努力争取稿费不单能给你带来丰厚的经济利益，而且本身就是一面照妖镜，能让整个行业内的魑魅魍魉现出原形。

比如当你完成过不止一部出色的作品以后，坚持合同中议定有一部分定金是非常有必要的。（当然，当你一部作品都尚未完成，还在全力寻找机会的时候，切莫如此。）

影视圈欺骗编剧的宵小数量颇为不少，为了忽悠你给他们写剧本或者写大纲，都愿意给你一纸合同，但是一碰到真金白银的稿费立刻就原形毕露。

再比如你肯定希望，给你的剧本提修改意见的制片人乃至责任编辑是老手，是负责任的出色的内行人士。你当然不希望一个什么作品都没完成过的新手成为判断你剧本的掌舵人。我已经无数次看到中国影视市场的这种倒挂现象。没经验的策划或者责编（有些人是大学本科专业刚刚毕业的学生，而且一般都是学习不够努力、学得不够好的学生做了策划或者责编，学习最努力的那些都立志做编剧去了）来给有经验的编剧提意见乃至把控整个剧本的方向，结果当然是项目结束后，双方老死不相往来。

---

① ［美］罗伯特·麦基：《故事》，周铁东译，中国电影出版社 2001 年 8 月第 1 版，第 77 页。

如何在中国市场几万家影视公司里大浪淘沙？看稿费就可以。愿意给一个成熟的编剧符合市场定位的稿费，并愿意给一个成熟的编剧支付定金的公司才是值得合作的公司，这样的公司里大概率有成熟的出色的制片人和有经验的责编。他们相信自己的眼光和判断，当然也愿意为自己的判断买单（支付定金）。

更何况，金钱并不代表铜臭。成为金钱的奴隶，一味地为金钱活着，这才代表铜臭。

昆汀卖出了他的剧本《致命的浪漫》，获取了 5 万美元的报酬。他依靠这 5 万美元拍出了自己的处女作《落水狗》，这才在圣丹尼斯电影节一炮而红，从此走上了电影导演的道路。

大概是有些艺术家又穷又酷，才使得有些初学者产生很大的误解，认为有艺术追求的人就必须又穷又酷。

艺术家很多都很酷，因为他们特立独行，但是穷是很多人的无奈，不是他们的标签，我当然希望所有的编剧都又富又酷。

更何况，丰厚的稿费还能给你带来从容的创作时间。

当你稿费不足以谋生，连吃饭都成问题，连房贷都还不起的时候，什么“追求艺术”这类的精神胜利法都是无效的。（很多人在学生时代是因为父母提供了学费乃至丰厚的生活费才有资格讨厌铜臭。让他自己赚钱谋生一个月，他就会彻底改变想法。）这个时候你只有不停地写，在同时接几个剧本来写，不管什么题材都写，只要赚钱，只为谋生。在这样的写作状态下，确实很难完成一部出色的甚至伟大的作品。

如果你有丰厚的稿费打底，你就可以从容不迫地写作，你就没必要接那么多工作来做。

这一点在我 37 岁，实现个人财务自由之后，才有了深切的体会。

3. 自视过高，敝帚自珍

“我才华横溢，剧本无比出色，卖不出去只因为缺乏伯乐，判断剧本的人水平太低”，这是初学者常见的误区。

感觉自己怀才不遇，受到了投资方、制片方不公正的对待，带着满腹的委屈和牢骚来找我抱怨。当了 10 多年老师，我一届又一届的学生都在重复这个相同的故事。

我总是安慰他们，同时也告诉他们一个事实，编剧市场没有什么怀才不遇，出色的剧本和才华横溢的编剧总是很快就能崭露头角的。这个“很快”绝不会超过 3 年。在这个市场上步履维艰只有一个原因，就是剧作水平不够。

实际上因为整个世界的影视圈都在闹剧本荒，所以稍微出色一点儿亮眼一点儿的剧本或者编剧在中国影视市场很快就会引起注意。引起注意之后，并不代表你的剧本立刻会成功，但是愿意和你合作的成熟的创作者立刻会扑上来，只要你有水平，或者起码能让人看到潜力。

在我的处女作《盖世武生》完成拍摄和首播之前，我和《盖世武生》的制片方及成熟的导演张光照老师合作过另一个电影剧本。剧本的初稿完成以后，获得了制片方和张光照老师的高度认可，第一次进行剧本创作就获得了业内专家的一致认可对我是巨大的鼓励。但是这个剧本在推进的时候，因为一些不可抗拒的外力而夭折了，整个电影的项目被无限期推迟了。

我承认那个时候我沮丧无比，也许是人生中最沮丧的时候。

然而第一个剧本夭折以后，制片方和张光照导演在 3 天之后，拿出了另外一个项目，再次邀请我担任编剧，我们决定根据京剧名伶盖叫天的事迹，写一部关于他的电影，这才有了《盖世武生》，这才有了我的处女作。我在 28

岁时完成了自己的处女作，获得了浙江省年度最佳编剧的殊荣。

只要你展露出才华，同时保持真诚和谦逊的态度，你迟早会创作出一部好的作品，只因受一些外在条件的影响，或早或晚罢了。

同样，在沈雷导演工作室工作的时候，我们先撰写了电视剧剧本《七品知县刘罗锅》，获得了资深的沈雷导演的高度认可，也获得了制作公司艺术总监的高度认可。不单编剧合同得以执行，制作合同得以签订，主演也已经看过并且认可剧本，这部电视剧的拍摄箭在弦上，不得不发。但是最后一刻，投资公司的老板反悔了，导致项目终结。

这大概也是我人生中最沮丧的时刻之一。然而这次剧本写作让导演对我非常认可，于是之后我们合作了全国收视率第一的作品《面具背后》。

在好莱坞大概也是这样，全世界的影视市场在这一点上是共通的。

"一个难以令人相信的事实是，我们每年从银幕上看到的东西就合理地反映了近年来剧作家所能达到的最好水平……除了个别罕见的特例之外，天才被埋没的情形只是一种神话。"①

掌握编剧的技能，提升自己的水平，有才华的人一定会在这个市场取得成功，或早或晚。

然而有一些初学者就把自己所有的精力放在了抱怨上，怼天怼地，自怜自艾，感觉无人赏识，进而产生怨恨离开了影视圈。他唯一不愿意做的事情，就是正视自己的编剧水平还远远不够，并沉下心来认真钻研编剧技能。

有很多聪明的、有才华的人，就这样在抱怨中默默地离开了这个行业；相反在这个行业最后成功者，都从不抱怨，而是踏踏实实地学下去，写下去。

---

①［美］罗伯特·麦基：《故事》，周铁东译，中国电影出版社 2001 年 8 月第 1 版，第 17 页。

4. 我已经在别的行业获得过巨大成功，编剧工作对我来说是小菜一碟

跨界初学者常见的误区。

从其他行业跨界来做编剧工作，在中国市场上非常常见，尤其是以小说作家跨界来做编剧最为常见。我在派乐传媒工作的时候，身边的同事至少有超过一半都是从小说作家跨界来做编剧的。而我的学生中，曾经进行过小说创作乃至出版过小说的也很常见。

说实话，像我这样，在上海戏剧学院念本科的时候，就被一门心思往编剧上培养的，所谓“科班”出身的编剧，在中国市场上反而较为稀少。

小说作家跨界做编剧，本身具备非常大的优势。人物形象的塑造，人物背景的设置，这些本身都是小说家的优势所在。

然而这种跨界在现实中有一个巨大的缺陷，导致很多小说作家跨界并不成功。

这个缺陷就是，拒绝一招一式地从头学编剧的基本技巧。

已经在别的行业取得了巨大的成功，这个时候再告诉他，你在编剧行业是个新人，需要学习编剧最基本的法则。相信大部分小说家是听不进去这句话的，这本是人之常情。

写小说相对自由，比较考验一个人的想象力和文笔。然而写剧本特别是写商业剧本就是个完成精密工程的细活，经常是少一个零件或者一个零件摆不准位置，就会导致整个系统瘫痪。

没有任何背景的编剧新手，如果有编剧老手指导，一般来说都是师父怎么教他就怎么做，一切听师父的。但是已经在别的领域取得成功的小说家们，一般固执己见，比较容易和编剧老手争论，而争论的原因通常是他们还没有掌

握基本的编剧法则。

这种情况，在编剧需要改编某位小说家的小说作品，而这位小说家被邀请和编剧一起完成剧本创作的时候更常见。

这种古怪而别扭的状态往往会直接导致双方不欢而散，小说作家失去了向编剧老手学习的机会，而大部分编剧老手都表示宁愿要“一张白纸”做助手也不愿意带一个转行跨界的小说家，这些人太孤傲、太难以沟通。

大部分专业的编剧在将小说改编成剧本的时候，都倾向于拒绝和原小说作者合作（我也是如此）。因为他们大部分固执己见，又不懂基本的剧本创作法则。

其实小说家做编剧本身具备很多先天优势条件，然而他们无法处理好从一个成功的小说家到一个编剧新人的角色转变，所以在跨界中常常步履维艰。

第二章

故事核

要完成一个优秀的商业剧本，首先要完成一个优秀的故事核。

如果把一个剧本比作一件衣服，那么故事核就是衣服的领子，你一把拽住领子，整件衣服就会垂下来呈现在你面前。故事核是整个剧本的核心基础。

那么一个商业剧本的故事核究竟呈现出一个怎样的普遍规律呢？

“如果我们剥开其外表，那么我们就会发现，其内核都是一样的。每一部影片都体现了故事的普遍形式。”①

一、故事核：谁去做什么

悉德·菲尔德也这样认为：“一个电影剧本是关于一个人或几个人，在一个地方或几个地方，去做他、她或他们的‘事情’。”②

---

① ［美］罗伯特·麦基：《故事》，周铁东译，中国电影出版社2001年8月第1版，第25页。

② ［美］悉德·菲尔德：《电影剧本写作基础》，钟大丰、鲍玉珩译，世界图书出版公司北京公司2012年8月第1版，引言第15页。

我觉得还可以简化掉“地方”这个概念，就是谁去做什么，构成全剧的故事核。

这个最基本的故事核的形态，里面包含两个方面的内容。“谁”就是人物，“去做什么”就是人物的目标或者说人物的需求。

《石破天惊》（又名《勇闯夺命岛》）讲的是史丹利·古斯比（尼古拉斯·凯奇饰）拆除 15 枚毒气导弹的导航芯片，拯救几十万无辜的人的故事。

《洛奇》讲的是洛奇（史泰龙饰）要和世界拳王打一场 15 回合的拳击赛，保证不会在拳台上被击倒的故事。

《寻龙诀》讲的是胡八一（陈坤饰）、王胖子（黄渤饰）、Shirley 杨（舒淇饰）进入古墓寻找可以让人返老还童的彼岸花的故事。

《火星救援》讲的是马克·沃特尼（马特·戴蒙饰）想在火星上活下去，直到救援飞船到来的故事。

《功夫熊猫》讲的是阿宝怎么打败太郎，保护整个村庄不被毁灭的故事。

创作者创作剧本的第一步是清晰地设定故事核，即谁去做什么。有了这个稳健的骨架之后，我们再发展这个“谁”，即发展人物，再发展这个“去做什么”，即发展故事情节。

这个故事核看似非常简单，但是大部分剧本创作初学者却倒在这一关上，没能掌握故事最基础的形式，很快就被编剧市场淘汰。

在大学授课的时候，我经常面对一群刚刚接触剧本写作的年轻人，他们往往富有野心和抱负，急于成功或者证明自己。当我和他们交流他们的习作的时候，10 个有 9 个讲出来的故事都是不具备清晰的故事核的。

他们喜欢滔滔不绝地讲述人物的背景，人物与人物之间的关系和前史。

“张三爱上了李四，但是李四不爱张三，李四爱上了王五，但是王五出国了。李四被迫接受了张三，但是后来王五又回到了国内……”

如果你不阻止他们，他们可以讲 15 分钟、20 分钟不停息，但是从这堆滔滔不绝的废话里，你听不到清晰的故事核。

我通常会让他们打住，告诉他们方向错了，因为他们没有一个清晰的故事核，即没有说清楚是谁去做什么。

通常情况下，脑子糊涂一点儿的，就会寻找一切机会继续他的废话，并坚持到讲完为止。我会微笑着告诉他：如果是在市场上，制片人或者策划根本不会听你 15 分钟的废话，1 分钟以后就会让你出去，然后呼唤下一个想要成为编剧的新人。

“搞清楚我们是否有一个好的电影想法，要经历一种强烈的痛苦，这个过程从能表述这个想法开始。……作为多年的编剧，我明白什么样的内容能让我的经纪人以及其他的人眼睛发亮，我把我的故事浓缩到了一个大家都能理解的程度。”①

如果我的学生不那么固执，愿意试试我的方法，我就会告诉他，现在放下滔滔不绝的废话，只用一句话，甚至只用一个短句来概括剧本到底在讲什么。

“我们怎样才能让别人理解我们的点子呢？回答是简单的：简洁。”②

我只给你 10 秒钟，你要向我讲述你的故事，并且试图吸引我，那你就只能在滔滔不绝的废话里寻找能概括故事核的短句。

刚才那段废话也许用一个有力的短句就可以提炼出一个故事核。

“王五回国后，决定想尽一切办法重新得到李四，尽管李四挺着的大肚子

---

① ［美］布莱克·斯奈德：《救猫咪Ⅲ》，韩程、李晋林译，浙江大学出版社 2013 年 5 月第 1 版，第 7 页。

② 同上书，第 9 页。

里是张三的孩子。”

1. 故事核设定的第一个要求：必须简洁

“我的故事是人物生活的流淌，是生活的真实再现，我是不需要一句话来总结的。”

当学生这么回答我的时候，我会告诉他，我们讨论的是商业剧本，戏剧性结构的剧本，你要写文艺片自己去写，别和我讨论。如果你写文艺片以后大红大紫拿下了戛纳大奖，千万记住那是你自学成才的，在我这里没学到半分有价值的东西。

“我的故事是主人公找到真我。”

如果有学生这样糊弄我，我会告诉他，这是套话，每一个优秀的剧本，每一个人物精力充沛的剧本，都讲的是主人公找到真我的故事。

2. 故事核设定的第二个要求：必须清晰

让你的谁去做什么，这个“做什么”一定要是看得见摸得着的东西，而不是一个概念，一个想法，一句套话。

“一个‘实体的’目标必须是一件你可以实际称量的事物。”①

《洛奇》的故事核是和拳王打15个回合不被击倒，但是你也可以糊弄我说洛奇的故事核是找到真我，实际上和拳王大战15个回合不被击倒的洛奇是找到了真我。但是故事核要明确清晰，不能用套话。

《功夫熊猫》的故事核是打败太郎保护村庄，但是你也可以糊弄我说功夫

---

① ［美］布莱克·斯奈德：《救猫咪Ⅲ》，韩程、李晋林译，浙江大学出版社2013年5月第1版，第77页。

熊猫的故事核是找到真我，实际上打败太郎后阿宝是找到了真我，真正从一个普通人变成“神龙大侠”。但是故事核是前者，而不是找到真我这样的套话。

每次使用这个时间限制法效果极好，既不允许他们滔滔不绝地说废话，也不允许他们说套话，而是要他们直指核心。大部分人会张口结舌，忽然不知道自己的故事从何讲起，这个时候我会追问，如果你自己都不能用一句话讲清楚你的故事核是什么，我怎么相信你会讲出一个优秀的故事乃至写出一个优秀的剧本？不要把我当成老师，就当成一个影视公司的责编或者制片人，也就是决定你能否拿到稿费或者与你签订编剧合同的那个人。实际上，我在派乐传媒的 3 年就一直担任责编这个职务。

如果他们还有疑惑，我会告诉他们，我对自己所写作品的故事核一清二楚。

电影剧本《7 把枪》从一开始，我就明确了故事核：7 个人孤独地守卫一座村庄的码头，与几百个土匪血战。

电视剧《面具背后》剧本的故事核：潜伏到仇人身边，向让“我”家破人亡的仇人一一复仇。尽管剧集长达 35 集，但是每一集都没有离开这个短句。不管剧本或剧集长短，你能用一个短句就把故事核交代清楚吗？能就是完成优秀剧本的第一步。初学者一定要先树立起这个意识。

当有些学生发现自己无法清晰地表述自己的故事核的时候，我通常还会让他们做这样一个实验：去看 10 部商业电影，越商业越好，像漫威英雄电影这种，看完之后用一句话来总结电影的故事核。

一开始他们总结得磕磕绊绊，等他们总结得越来越顺溜时，我会告诉他们，从成熟的电影还原故事核是写出自己故事核的第一步，那些成熟的电影剧本也是从一个小小的故事核发展而来的。

写剧本要先搞清楚你的故事核：

谁去做什么。

用足够简洁，足够清晰的短句概括你的故事，构成你的故事核，这是完成优秀剧本的第一步。

千万不要倒在第一步，而大部分初学者往往都倒在了第一步。

二、故事核的升级：反差越大，故事核越强

清晰简洁的故事核，可以提纲挈领地把你剧本的骨架建立起来，起码让你的表述听起来可以完成一个完整的电影剧本，但是还不足以引起制片人、剧本审读人的兴趣。

在这个市场上，一分钟之内不能引起制片人或者投资人的兴趣，你可能就已经出局了。除非你完成过特别成功的作品，收视率第一，网络点击率第一，拿到过全国或起码省级的编剧奖项，对方才可能会多给你一些时间。

制片人都是缺乏耐心的，市场太残酷了，想要出人头地的年轻人很多。

如果是一个编剧老手的工作室招募助手或者学徒（比如我自己的工作室），就会这样给应聘者出一道难题：一分钟之内吸引我的注意力，让我觉得这是个绝好的主意，可能会是一个好的剧本创意。

做不到你就出局了，编剧老手们也缺乏耐心。

这里我要拿出我的看家法宝，真正让故事核光彩熠熠的方法。这是万试万灵的技巧，是我所有编剧技巧中最核心的技巧。

1. 故事核中设定极度的反差

故事核：谁去做什么。

你设定的这个“谁”，和他要去做的什么事之间，一定要形成极度的反差。

这个反差最好是南辕北辙的反差。

《洛奇》为什么能成为美国电影史上成功的商业片的典型？它可不是堆砌了一座金山的商业片，它的投资少得可怜。

《洛奇》的故事核：一个已经被业余拳击俱乐部扫地出门的业余拳击手中的倒霉蛋，挑战世界最重量级拳王，要打 15 个回合不被击倒。

业余拳击手中的最底层对战世界最重量级拳王，是不是一个完美的反差？

试想：如果把这个故事核设定为世界最重量级拳王挑战者对战世界最重量级拳王呢？那不会有《洛奇》的诞生了，史泰龙早带着他的剧本离开了。（《洛奇》的剧本是主演史泰龙自己写的。）

我们之前提到的美国最著名的动作片之一，也是迈克尔·贝导演的成名之作《石破天惊》。

《石破天惊》的故事核：一个只受过三个星期武器训练的化学专家，阴错阳差地需要独自挑战一整队的海军陆战队，并且从他们的手中抢到 15 枚毒气导弹的导航芯片。

只受过三个星期武器训练的化学专家——一个奇客怪咖对战一整队全副武装的美国海军陆战队，是不是一个完美的反差？

尼古拉斯·凯奇主演的这位化学怪咖本来只是作为毒气导弹的化学顾问存在，剧情原计划是反恐特种部队对战叛乱的美国海军陆战队。当然反恐特种部队一上来就全部阵亡了，只留下这个可怜的怪咖。

于是强烈的反差完美地构成了。

我觉得著名的战争电影《血战钢锯岭》是故事核最简洁且反差最完美的典范。

《血战钢锯岭》的故事核：一个死也不会拿起武器的士兵在“二战”冲绳

战役中成为大英雄。

拒绝携带武器的士兵，最终极的反对暴力的和平主义者上了最惨烈的“二战”战场，并且成为大英雄。这绝对是完美的反差。

我从2008年开始编剧生涯，到现在已有十几年的时间。我大概是在2013年，也就是进入编剧行业5年之后的一天，忽然清晰而明白地意识到故事核里的反差这个道理的。

这是一个超级顿悟，这个顿悟让我的写作变得得心应手，这个顿悟让我的写作水平连升十级。

自从参透了这个道理，我的每次创作几乎都会得到认可，每个故事核几乎都可以引起制片人和投资人的兴趣，尽管认可和有兴趣不代表每次合作都能成功，直至我创作出了我引以为傲的全国收视率第一的两部代表作品《7把枪》和《面具背后》。

《7把枪》的故事核：一位革命英雄孤独地守卫一座村庄的码头，面对几百个手里拥有大炮的土匪，他组织了一帮“妖魔鬼怪”来帮助他，其中有当了一辈子“投降兼逃跑大王”的兵油子，有一辈子见风使舵的超级老滑头。

革命英雄是历史上有名有姓的烈士，我是不敢胡编乱造的。其他人我就大大地在反差上下功夫，他们最终全部牺牲在战场上，成为为革命献身的英雄。

既然“去做什么”已经可以确定下来，就是孤独地守卫村庄，面对携带重武器的土匪的猛攻，那么我就在“谁”上下功夫，把反差做足。

有名有姓的革命烈士，与其他6个人，组成了《7把枪》。

这是部群戏，我们以《7把枪》的角色之一万炳坤为例介绍一下。

万炳坤，20世纪20年代在军阀的部队里做连长，北伐军打过来，万炳坤投降了，将部队改编成国民革命军，成为营长。1937年日本军队打进来，万炳坤又投降做了伪军，被提拔为团长。1945 年日本军队战败投降，万炳坤成为国军的师长。1948 年济南战役战场起义，部队被改编为解放军，万炳坤成为解放军的师长。

这个“投降大王”玩转了整个中国 20 世纪上半叶的历史，谁来了投降谁，谁来了拥护谁，毫无政治品格、政治立场，他只知道一个真理：我手里有人有枪，谁都会拉拢我。

以至于连万炳坤的儿子都给万炳坤起了一个外号“万寿无疆”，因为投降得快，所以寿命很长。

就是这样一个“万寿无疆”，上战场和土匪硬扛硬打，最后拉响了手榴弹，和土匪的大炮同归于尽。这才是极度的反差，这才是看点。

最终这部小投入电影之所以能够反复播出，并 5 次获得收视率第一，全部的看点也是全部的秘诀，就在于：一群“妖魔鬼怪”是怎么成为英雄的。

2. 反差越大，故事核越强

为什么把“谁去做什么”这个故事核短语拆开，制造出极度的反差，就会让剧本变得精彩纷呈呢?

根本原因就是，当这个极度的反差出现，人物被置身于一个极度不适应的环境，似乎一个正常人被抛入了异端世界，那么不管是有经验的创作者，还是稍有经验的观影者，抑或有经验的制片人都会从中嗅到一种戏剧性的味道。

“这就是为什么‘出水之鱼’的故事这么受欢迎的原因：你可以看见某种人被扔进异端世界后潜在的火花。”[①]

---

① ［美］布莱克·斯奈德:《救猫咪》，王旭锋译，浙江大学出版社 2011 年 1 月第 1 版，第 11 页。

这部电影也是好莱坞电影史上的经典之作，其中文译名为《出水芙蓉》。

《出水芙蓉》的故事核：一个猥琐好色、心怀鬼胎的中年男人进入一所女子学校读书。完美的反差吧？往这所女子学校里扔进了一个超级异类。

实际上，无论是编剧、制片人，还是观众，在观看电影或者电影剧本的时候，都在寻找一种内在的戏剧张力，这种戏剧张力会调动起他们的情绪，让他们产生“后面可有好戏”的期待。

“要明确你的人物的需求。……然后才能对需求设置障碍。这就赋予你的故事以一种戏剧性的张力，这种戏剧性的张力往往是初学者的剧本中所缺乏的东西。”①

那么，怎样才能暗示观众剧中人物在剧情展开后会遭遇巨大的障碍，怎么才能提示观众剧中人物在剧情展开之后会和他身处的环境乃至环境里的人物产生剧烈的冲突呢？

把你剧本中的人物扔进一个他完全不适应的世界。换句话说，让你剧本中的人物做最不适合他做的事。或者再说得明白点，“谁去做什么”，让“谁”和“去做什么”之间拉开最大的差距。

这样的故事核确实具备一种戏剧上的张力，乃至情绪上的吸引力，当这个故事核摆在观众（这个观众可能是制片人或者投资公司老板）面前时，似乎有一种力量，在抓挠着他们的心肺。

“好的故事线必须具备情绪上的吸引力，挠得你痒痒的，不得不抓。”②

当我把《7把枪》的故事线写给投资老板，老板读完之后立刻给我发来一

---

① ［美］悉德·菲尔德：《电影剧本写作基础》，鲍玉珩、钟大丰译，中国电影出版社2002年6月第1版，第35页。

② ［美］布莱克·斯奈德：《救猫咪》，王旭锋译，浙江大学出版社2011年1月第1版，第10页。

条短信："非常满意，兄不愧为高手。"

在老板的强烈要求下，我们第二天见面，老板当即支付了商定稿费的 1/3 作为第一笔稿费。不管之后写作情况如何，老板至少愿意拿出真金白银买断这个故事。

我相信正是让一群"妖魔鬼怪"做英雄，彻底挠到了投资老板的心肺。

小成本的投资也能让曾经获得过华表奖的杨真导演以极低的报酬来执导。导演也坦言，他被剧本的故事核所吸引。最后，《7 把枪》5 次播出都获得全国收视率第一，小成本的投资没有流量明星，也没有宏大场面，有的就是挠得人心痒痒，具备戏剧张力的故事与人物。

现在知道写作水平连升十级是什么感觉了吧？现在知道你的故事一出手，就挠得人家心痒痒效果有多好了吧？也正是在参透了设定极度反差这个编剧的核心技巧之后，身边的人开始愿意与我合作，甚至连张永琛老师这样的编剧界资深人士，也曾经向我抛出橄榄枝，邀请我进入他的公司担任职务。

我从不吝惜告诉我的学生，这就是我编剧最核心的技巧。然而可惜的是，上过我的课的海量学生当中，真正能领会乃至使用这个技巧的寥寥无几，他们大部分人拿来的习作还是老样子，毕业以后天天抱怨市场残酷、制片人老板严苛，一切的一切都照旧。我有时候特别想说：听我的吧，掌握这个技巧，制片人老板都会喜欢你，和你称兄道弟，毕竟你是可能下出金蛋的母鸡。但是我领悟到的创作核心技巧毕竟只是我的力量，如果你自己领悟不到，你就不会在意更不会去使用，那么也就没用。

所以总有一些外行告诉我，要透露一些核心技巧给学生，不要隐技自珍，我每次只好无奈地笑笑。

我每次都实话实说，每次都在课堂上毫无保留，每次都特别强调理解了故事核里的反差能让写作水平连升十级，但是那又有什么用？我现在把它毫无保留地写在我的书里，这就是我的不传之秘，又如何？你愿意听我的，去实践这个技巧吗？

3. 编剧主动制造极度的反差

读了我上一章节的描述，你可能对“谁去做什么”产生极度反差这个说法记忆犹新。然后你到影院观看了《美国队长》，在心里也慢慢明白，后来那个肌肉发达的超级英雄美国队长，为什么开场的时候是个受尽欺负的小矮个儿，被美国五次拒绝入伍的多种疾病患者。

这就是在制造极度的反差。没错，能明白这个道理很了不起，但是你只是在看了别人成熟的作品后做了一个故事核的复原。

接下来，我想谈谈作为创作者是怎么一步一步建立起极度的反差的。

现在大部分创作者的创作并非天马行空，而“命题作文”是最常见的创作状态。

作为编剧，经常会碰到的情况是手里有一本小说，一本报告文学，一个真人真事，或者老板提出的一个想法。

好吧，不管是什么，你手里拿着的都不是白纸一张。当出现这种情况的时候，我的心得是：看看手里已经有的东西，如果不能改变，就在另一端想办法。

比如《7 把枪》，革命烈士为了革命捐躯是有名有姓有事实的，这没办法改变。我拿到这个题材的时候就意识到，一群视死如归的英雄，最后和土匪同归于尽，这一点我不能改变。

那么我的方法就是，既然“去做什么”无法改变，就在“谁”上下功夫。《7 把枪》创作的起点就是，我要写一帮最不可能做英雄的人最后成为英雄的故事。

谁最不可能成为英雄？“投降大王”，“逃跑大王”，超级墙头草。于是才有了这一帮“妖魔鬼怪”的诞生。于是极度的反差就此出现了。

有些时候，你要写的人物是固定的、确定的、不容置疑的，那么你该如何下手制造反差呢？

如果我必须让你写，一个美国联邦调查局（FBI）的超级探员，上天入地，无所不能，你该如何来写？

这时你就要在“去做什么”上下功夫。

如果写一个 FBI 的超级探员去排除炸弹，抓捕恐怖分子，调查总统的腐败，乃至打败外星人，拯救全世界，这些都不具备极度的反差。

试想：如果外星人来了，让谁去拯救人类？我们正常的反应是科学家、超级英雄、超级警察，如此而已。总统的腐败由谁来调查？当然是 FBI。

从这个角度来说，每次去看《复仇者联盟》，我真的感觉不到精彩，一群超级英雄聚在一起打外星人，毫无创意，能赚钱大概也是因为每个超级英雄都有大批粉丝吧，剧本是毫无张力可言的。

当你和人们正常的反应一致的时候，戏剧性的张力就消失了，也就不会出现反差带来的力量。而一旦拥有这种力量，它会挠得你心痒痒的，你确实很想写一个普通的清洁工调查总统的腐败，揭露出水门事件。但是现在给你的命题就是你的“谁”必须是 FBI 的超级探员，那么你就要在“去做什么”上下功夫。

别再让他上天入地，别再让他抓罪犯，别再让他调查案件，这些都是他的常态。一个 FBI 的超级探员的妻子决定周末去度假 3 天，他主动请缨做 3 天超级奶爸，可惜他碰到的是史上最闹腾的小坏蛋。

好吧，这个故事核比让这个 FBI 的超级探员上天入地、打外星人、揭露水门事件要有张力多了。为什么？在奶爸的领域，这个 FBI 的超级探员就是大外行，面对这个最闹腾的小坏蛋，他有的是苦头吃。

一个 FBI 的超级探员被抛入了异端的世界，我们等着看他的笑话，我们想看他洗尿布，而不是动手枪。

“很多时候，精彩的原始创意只是提示你要创造最能发挥剧本创意的主角，哪些事是必需的。为了使这个创意能够成功，通常你要钻研这些人物，以便给主角带来最多的冲突、最长的过程、最原始的目标，从而扩充电影创意，使其冲击力最大化。”①

当你的“谁”是固定的时候，就把“去做什么”往“谁”的反方向写。当你的“去做什么”是固定的时候，就把“谁”往“去做什么”的反方向写。

这是实际创作中我经常使用的技巧。

我特别希望终有一天，能看到《复仇者联盟》里的这帮超级英雄，一起到一所中国的厨师学校去做卧底，美国队长烧宫保鸡丁，钢铁侠做鱼香肉丝，绿巨人切葱花。

这让我心痒痒的，想看！看惯了美国队长的盾牌天下无敌，真想看看他把盾牌翻过来炒宫保鸡丁的场景。

反差，极度的反差，这才是建立优秀剧本故事核的关键。

构成极度的反差，实际上在创作圈是公认的金科玉律（当然有些剧作家会用另一种表述方式，比如：把人物抛向一个他不适应的异端世界），甚至是很多商业剧本创作的起点与故事线的核心，但是在几乎所有的编剧类工具书

---

①［美］布莱克·斯奈德：《救猫咪》，王旭锋译，浙江大学出版社 2011 年 1 月第 1 版，第 43 页。

中，这一条都是缺失的。

一度被捧为好莱坞电影编剧“圣经”的《电影剧本写作基础》一书里是没有这一条的，全世界到处开编剧讲座的罗伯特·麦基的名作《故事》一书里也是缺失这一条的，其他的编剧类工具书就更不值得一提了。

明明是创作圈公认的金科玉律，为什么它们都缺失？一度我以为是我的水平太低，也许对悉德·菲尔德和罗伯特·麦基而言，这个技巧远远称不上编剧技巧的核心。

然而直到我发现了《救猫咪》。

《救猫咪》的作者布莱克·斯奈德和我持一样的观点。他举了两个例子来解释一部作品产生戏剧性的关键点。

第一个例子是《虎胆龙威》，一个纽约小警察休假期间到洛杉矶解决婚姻纠纷，无意间陷入一场恐怖袭击，他要单枪匹马对付一整队全副武装的欧洲精锐恐怖分子。

普通小警察对战精锐恐怖分子，完美的反差。顺便说一句，《虎胆龙威》里 FBI 也出场了，不过角色是小丑。

第二个例子是《特工佳丽》，一个超级男人婆的 FBI 女探员（当然她以男人婆为荣）被派到美国小姐选美会做卧底，成了美国小姐候选人。最终凭借自己的本事，这个男人婆居然当选美国小姐第二名。

超级男人婆去竞选美国小姐，完美的反差。

布莱克·斯奈德把构成反差放在了他讲述编剧技巧的第一章里，也是所有编剧思路的起点，我举双手赞成，这是我第一次看到一本编剧类工具书真正揭露了创作圈的核心秘密。

然而令人遗憾的是，《救猫咪》好不容易为我们带来了其他书里没有的真知灼见，布莱克·斯奈德对这个观点的表述却被翻译得很成问题。

“好的故事线必须有一个重要的元素——意外（irony）。”①

这一句核心的观点提出之后，布莱克·斯奈德就列举了《特工佳丽》《虎胆龙威》两个例子加以说明。布莱克·斯奈德和我的观点不谋而合（其实不是不谋而合，而是在创作实践中得出相同的结论），然而这个创作的核心如果用一个“意外”来概括，实在太过于草率，绝不是作者的本意。

谁去做什么，因为小警察办惊天大案才构成故事核，因为男人婆被迫去风情万种才构成故事核。如果那个纽约小警察去解决婚姻纠纷的时候，碰到了一场车祸，是不是也能写出另一个《虎胆龙威》？绝无可能。

意外构不成故事核，这个地方无论如何都应该是反差，我把这个反差表述得更为极致，我觉得应该是“谁”和“去做什么”之间形成极度的反差。

幸运的是，《救猫咪》的翻译者恰巧是我的一位同事，有一次我特地就此事和他做了一次深入的探讨，并且直言不讳地提出了自己的观点：我认为这里应该翻译为“反差”而绝不是“意外”，“反差”这个表述可以指导创作，“意外”这个表述无益于指导创作。翻译者非常有绅士风度，他认同了我的观点，所以我今天才敢于这样表述。

谁去做什么，在“谁”和“去做什么”这两者之间形成极度的反差，就构成了一个好的故事核的起点。在这一点上，我起码和《救猫咪》的作者布莱克·斯奈德完全达成了一致。

现在回过头来想想，悉德·菲尔德和罗伯特·麦基为什么体会不到这一点？为什么他们都不曾讲述这个最重要的核心编剧技巧？

很好理解，因为悉德·菲尔德和罗伯特·麦基都不是真正的剧本创作者，

---

①［美］布莱克·斯奈德：《救猫咪》，王旭锋译，浙江大学出版社2011年1月第1版，第9页。

而是剧本审读者，对于编剧行业内部的一些窍门和秘密他们是不知道的，只有布莱克·斯奈德这样的编剧老手才能揭露出来。

而所有这些知名的编剧类工具书的作者中，只有布莱克·斯奈德是活跃在一线的编剧，其他人都只是剧本审读者，他们都不是成功的编剧，没有写出过成功的编剧作品，自然会有极大的盲区，尽管也有很多真知灼见。悉德·菲尔德如此，罗伯特·麦基如此，《21 天搞定电影剧本》的作者维基·金如此，《你的剧本逊毙了》的作者威廉·M. 埃克斯也如此，更别提国内的编剧类工具书的作者了。

一部编剧类工具书的质量究竟如何，是不是揭露了编剧圈内部的核心技巧，其实看看作者的简介就一目了然了。

《救猫咪》的作者布莱克·斯奈德告诉你，听他的吧，因为他单个电影剧本卖出了百万美元，因为他的电影剧本《小鬼富豪》和《核心家庭》被拍成了电影，而且《核心家庭》还是由斯皮尔伯格制作的，是写剧本让他成了百万富翁。

《电影剧本写作基础》或者《故事》或者《21 天搞定电影剧本》的作者告诉你，听他的吧，因为他的学生写出了 ×××、××× 还有 ×××，他们都拿奖了。你要询问他们：那么你们写出了什么？他们会哑口无言。他们的学生千千万万，他们只提成功的那些，焉知成功者不是自学成才，或者天赋异禀。

我在大学任教 10 多年，教授剧本创作，我的学生中也有剧本成就已经超过我的。我只能说人家的天赋与努力才是成功的关键，如果做学生时他们在我这里学到过一点点，那么是我的荣幸，我决不敢居功。

我觉得我的编剧方法是真正有效的，不是因为我教过谁，而是因为我自己在写作实践中完成了成功的作品，这些都是我实际写作经验的总结。

三、创意推销和故事梗概

将那个极度的反差设定好之后，把你的故事核从一个短语扩展到一句话，构成一个简短的故事梗概。然后试着把这句话告诉制片人、投资人或者剧本的责编，看看这句话能否吊起他们的胃口。

如果你发现这句话不能吊起他们的胃口，那么就要自己检验一下：是反差缺失，还是反差不够极致？

这一句能够吊起他们胃口的话，包含着极其强烈的反差，就是你的剧本的创意推销。请注意这句话的重要性，它不单单是你剧本创作的起点，也是吸引投资方的关键。

如果你发现在投资方或者制片人那里，你的创意推销不奏效，那么就要仔细打磨。

"一个完美的'创意推销'和'剧情梗概'不仅会帮助你卖出剧本，并且会帮助你将这个故事写得更好。它逼迫你找到这部电影的精华，那个'扣人心弦的点'。"[①] 反复检验，直到你的这个创意推销每次都可以奏效。更重要的是，如果你是个编剧老手，你的这句话将来会是你电影海报上的宣传语。

换句话说，这句话不单要经历投资人、制片人的检验，最终还要经历观众和市场的检验。

《虎胆龙威》：普通小警察大战精锐恐怖分子。这个创意推销是如此地奏效，以至于《虎胆龙威》一直拍到了第五部，尽管布鲁斯·威利斯饰演的小警察一直上天入地，立功无数，但是编剧、导演及制作方似乎忘记了主人公有完

---

① ［美］布莱克·斯奈德：《救猫咪Ⅲ》，韩程、李晋林译，浙江大学出版社 2013 年 5 月第 1 版，第 21 页。

成任务后升职加薪一说，而一直让他做小警察。

普通小警察对战精锐恐怖分子，这个创意推销太过奏效，以至于谁也不愿意改变它，宁愿牺牲现实的逻辑。

《特工佳丽》也一样，写在电影院里的宣传语就是“看如何让一个男人婆风情万种”。

我有时候常常开玩笑，说我的身份是双重的，即一个大学教师和一个编剧，但是还有一份工作应该也非常适合我，并且我可以完成得非常出色，就是去写电影的宣传语。我敢说，我写的宣传语至少有八九成的可能性把观众的心挠得痒痒的，从而想来看这部电影，只要这是一部确实精彩的好看的电影。

其实并不是我有多大的本事，而是我走了捷径——还原电影剧本的那个故事核，因为我清楚那个故事核本身就是全剧的创意推销点。

更有意思的是，这个体现极度反差的故事核将来不单单可能是宣传语，而且很有可能会构成影片片名。

1. 反差极有可能构成影片片名

“好的片名必须包含意外并体现故事。”[①] 这里的“意外”我之前已经讲过了，我认为应该替换为“反差”。

其实片名往往就是一部影片最好的宣传语。有很多观众是不屑或者没时间在决定看电影前扫一眼故事梗概的，更多的观众是扫一眼一句话的宣传语，还有一大部分观众连宣传语都懒得看，但是他们至少都知道这部影片的片名。大概只有数量极少的某些演员的忠实粉丝连片名是什么都无所谓，只要主演是

---

① ［美］布莱克·斯奈德：《救猫咪》，王旭锋译，浙江大学出版社 2011 年 1 月第 1 版，第 12 页。

某某人他们就捧场。

片名有时候本身就吸引了一定观众群，是无法轻易修改的。比如你不能想象《钢铁侠》《绿巨人》会换一个片名，原本忠诚追随的漫画粉是不答应的。有很多片名本身体现了影片的创意推销点。

“片名体现故事实质。”①

上文提到的《特工佳丽》就是一个典型的例子。“特工”和“佳丽”，两个词之间本身已经形成相当明显的反差。

还有一个创意推销的典型例子是《律政俏佳人》。一个胸大无脑的金发美女，因为要追回富二代男友，决心就读全美国最难念也最无聊、最沉闷、最需要聪明头脑的专业，并且定下目标要毕业，那就是哈佛大学法学院。

“律政”和“俏佳人”这两个词汇之间，本身就具备一种反差，有一种戏剧的张力在勾着你往下看。中国观众可能对律师和哈佛大学法学院意味着什么还没有那么清晰，我想美国观众应该一清二楚。

相信我，在“谁”与“去做什么”之间形成极度的反差，一定会挠得制片方或投资人心痒难耐，然后适时抛出你的故事梗概，进一步展示你的实力，那么也许接下来就是签约领取第一笔稿费了。

2. 创意推销和签约

一个有成功作品的编剧，一般来说是拒绝先写稿交由制片方审读，然后签约领取第一笔稿费的。因为对一个有成功作品的编剧来说，首先签约并领取第一笔稿费是一种荣誉，也是一种自我保护。

---

① ［美］布莱克·斯奈德：《救猫咪》，王旭锋译，浙江大学出版社2011年1月第1版，第13页。

影视圈的无耻小人还是很多的，我们不用雇人去做背景调查，只要提出定金原则就可以了。没有诚意的忽悠人的骗子自然会现出原形，嘴上可以说得花好稻好，真金白银却舍不得拿出来。这是检验制片方和投资方的最佳方法。

所以如果你是一个有成功作品的编剧，你大可以坚持先付定金的原则，拒绝先写稿后签约付费，但是你肯定没法拒绝制片人想要和你谈谈创作的要求。当然这个谈谈创作的要求是基于制片人手头有想雇用你写作的项目，而且他会给你一个星期的准备时间。

很多编剧对此感到非常困惑，其实制片人和你的对谈就是对你的检验，只有成功的创作交流才能让你获得签约和第一笔稿费。

到底聊什么？怎么才能让制片人心痒难耐？

“说得最简短，用最主要的点抓住我们。”[①] 把创意推销告诉他，这个极度的反差就够让他心痒难耐了。要让制片人看到，你们的合作已经有了一个成功的起点，雇用你会写出一个精彩的剧本，接下来就应该进入签约流程了。当然偶尔也会有这样的情况出现：当你抛出精彩的创意推销时，制片人懵懵懂懂，根本不知道你的金点子的价值，还在顾左右而言他。

这时拒绝和他合作，他是一个冒牌货，勉强合作是不会愉快的，不要觉得错过项目可惜，冒牌货即使手里有项目也会被他做砸。否则每年那么多无法上映的电影，无法播出的剧集是怎么来的？（据说无法上映播出的数量已经大大超过了上映播出的数量。）

有些编剧，往往有另外一层顾虑。“我怕说得太多，对方没有和我签约，最后好的创意被偷走了。”这是很多编剧朋友常常对我说的话。

---

① ［美］布莱克·斯奈德：《救猫咪Ⅲ》，韩程、李晋林译，浙江大学出版社 2013 年 5 月第 1 版，第 10 页。

我给他们的建议是：把那个精彩的、具备足够反差的创意推销毫无保留地告诉面前的制片人，但是慎重拿出故事线或者故事梗概。

创意推销只是一句话，只是一个精彩的思路，即使被对方窃取了，最多只是一个起点而已，如果没有一个专业的出色的编剧来扩展你的创意推销，那么这个起点则一钱不值。既然要雇用专业的出色的编剧，为什么不雇用你而非要换一个人？出色的编剧都不便宜。

如果那个制片人拿着你的创意推销找到枪手，自以为省钱又省力，最后剧本的完成稿一定会惨不忍睹。

在签约前故事梗概是要谨慎提供的，一个出色的编剧如果针对一个电影剧本已经有一两千字的故事线或者故事梗概，那么可能已经触及编剧心中对剧本核心的设定。

"故事线是故事的 DNA 编码，是必须始终如一的东西。如果故事线不错，如果具有优秀电影创意的特征，那么故事线应该能在剧本写作过程当中给你一切提示。"① 还是以我写的《7 把枪》为例，我可以大方地告诉制片人，我要写一群"妖魔鬼怪"："投降大王""逃跑大王""世纪老滑头"最终成为英雄，战死沙场的故事。

但是"投降大王"怎么设定？"逃跑大王"怎么设定？"世纪老滑头"怎么设定？这些则不到签约不予提供。

掌握好分寸，不要过分地隐技自珍，但是也不要轻易地让别人得到你的核心想法。

如果你现在还是一个初出茅庐的新人，那就勇敢地接受写大纲的考验吧，

---

① ［美］布莱克·斯奈德：《救猫咪》，王旭锋译，浙江大学出版社 2011 年 1 月第 1 版，第 53 页。

因为你没有任何资格提出定金原则。影视圈是有市场原则的，市场原则挺公平也挺残酷，你的谈判筹码完全取决于你之前写过什么，获得了怎样的成绩。

现在有很多初出茅庐的编剧很怕碰到本身就是大忽悠的制片人，那么我要告诉你，如果你是新人，你接触的层面十个里有三四个都是骗子，面对影视圈里的混混，你写得再好也没用，他大概只会拿着你的大纲再去骗其他人。但是我常常告诉我的学生，刚刚出道的时候碰到个把骗子是你们要承受的风险之一，就像开超市你们要承担有一部分商品会被偷窃一样，这个世界上没有完美的事。

只要你认真写作，总会碰到真心与你合作，也有能力与你合作的制片方和成熟的创作者。我在上海戏剧学院读研究生的时候，也被人忽悠，还进组写作，到最后别说赚稿费，自己还倒贴了几千块钱的路费，那个时候对于一个穷学生来说，这简直就是晴天霹雳。现在想想也是，一部电视剧都接近开机了，剧本还要到戏剧学院找学生临时来写，这个剧组混乱到什么程度？最后当然是鸡飞蛋打。

但是只要你不消沉，坚持下去，总会柳暗花明又一村。当我碰到《盖世武生》的制片方和张光照导演的时候，我的人生机遇、我的处女作就到来了。

提升你的水平，对每一个机会都全力以赴，你终归会迎来你的人生机遇，或者早一点儿或者迟一点儿。

编剧的世界里没有怀才不遇，只有水平不够。

3. 创意推销的承诺必须兑现

实际上既然你在“谁”与“去做什么”之间设定了极度的反差，那么就意味着这个“谁”一定会被抛入一个他完全陌生的异端世界。

比如男人婆进入选美会，胆小鬼误入最血腥的战场。

这个创意推销或者说这个反差本身就是吸引观众最大的卖点，同样也是编剧对观众许下的最大的承诺。

编剧要记住，既然你对观众许下了承诺，就一定要不折不扣地兑现，如果你的兑现出现一点点的折扣，那么观众立刻会有被愚弄的感觉。在口碑为王的电影市场，别说不兑现承诺，即使兑现承诺打了折扣，也会招来负面舆论的汹涌浪潮。

那么怎样才能兑现承诺呢？

如果你的作品是一部喜剧片，那么就在你的主人公刚刚踏入那个异端世界的时候，好好地把他的所有不适应挖掘成喜剧的包袱和笑料，且包袱和笑料要足够密集，足够让观众过瘾。《特工佳丽》里，男人婆探员进入选美会成为候选人，电影把她如何改造外形，如何参加选美会，如何进行才艺展示，如何机智问答，一点一点细腻地表现出来，并把每一层不适应、每一层笑料都做足，这就是兑现创意推销的承诺。

如果你的作品是一部动作片，那么就在你的主人公刚刚踏入那个异端世界的时候，好好描写他杀人、打斗是怎样的不适应，是怎样的看到鲜血就呕吐，完成第一次杀人后，是怎样的目光呆滞而精神崩溃。《石破天惊》里，史丹利·古斯比这个化学博士，只受过三个星期武器训练的奇客怪咖，是如何艰难地学会第一次杀人的，杀人以后有什么样的反应。既然你不是写职业杀手杀人，而是写一个普通人误入杀戮战场，那么就要把这个过程细腻地呈现给观众。

这个创意推销的兑现并不是散落在剧本各处的，而是一般集中出现在电影剧本第 2 幕，或者说出现在电影剧本的第 25 分钟到第 60 分钟之间。关于兑现创意推销出现的位置和原因，我们留待“结构”章节再具体展开。我在这里要再次强调，创意推销必须不折不扣地予以兑现。

四、故事核的创新：似而不同

一个剧本的故事核具备极度的反差，这是一个出色的创意推销。现在从我前面的讲述中，你应该已经了解到在编剧市场你首先应该完成哪些工作。

但是即使这些工作完成得很出色，也并不能保证你会获得一个签约的机会，会设定反差只是编剧的基本功。

也许一个普通的制片人，拿着一个投资 300 万元的小项目，你会一些编剧的基本功就可以让他满意，但是一个优秀的制片人，投资上亿元的项目，对编剧的要求则远远不是掌握基本功这么简单。

当然这一切的前提必须是，对方是一个资深且合格的制片人。冒牌的圈内人士，没有任何专业素养的所谓制片人，责编、财务、制片主任是他的老婆、小姨子、小舅子之类的，即使你请中国最出色的编剧来与他合作，也没法让他满意。这个时候通常不是编剧被市场踢出局，而是这位冒牌货很快被市场踢出局。如果碰到这种情况，我奉劝想做成项目、想获得成功的编剧不要难过也不要抱怨，人生难免有踩到狗屎的时候。我也多次碰到过这种情况，如果你够专业，就要相信，这只是你影视编剧道路上一个小小的插曲。

如果一个项目更大，一个制片人更优秀，通常他们对编剧的要求更高。他们会问一个问题：你的创意推销很不错，你的反差也设定得足够强烈，甚至已经让人有观看这种反差带来的火花的期待，但是告诉我，你这个故事核扩展出的剧本，和以前的其他同类作品有什么不同？换句话说，你的创新点在哪里？

张永琛老师就经常问这个问题。第一次碰到这个问题的时候，真的会把人逼疯。

通常他们说的创新不是全方位的创新，不是要你从头新到脚。从头新到脚的思路越是大制作越是不敢触碰，因为没有成功的经验，谁也不敢做过大的投入。其实这里说的创新就是一个似而不同。

"给我似而不同的东西。"①

布莱克·斯奈德告诉我们，其实好莱坞编剧面对的问题和中国编剧面对的问题是很相似的。

所谓的似而不同，就是我们认可一个基本的故事核带来的剧本类型和剧本调性，这个"似"就是有以前的同类作品作为参照系，这个"不同"就是和以前所有的同类作品相比较，你这部作品的不同点在哪里？创新点在哪里？

第一次听到似而不同应该是从第一位和我合作的资深导演张光照老师那里。那个时候我压力还不大，毕竟还很稚嫩，只是在写处女作，而张光照导演还在自问自答、自己探索似而不同当中。因此，我当时还是懵懵懂懂的。

然而当张永琛老师对我的创作提出创新点，即似而不同的时候，我甚至感觉一瞬间编剧的前途是如此的灰暗。一个同类型的题材有成千上万个出色的作品，你要我去哪里寻找创新点？

这里我想提出一个观点，创新点并不难找。

最好的创新点往往出现在类型的交叉上。

比如著名的商业电影《律政俏佳人》，就是利用交叉完成似而不同的典型例子。

"胸大无脑的金发美女为追回男友，进入最无聊、最沉闷、最需要聪明头

---

① ［美］布莱克·斯奈德：《救猫咪》，王旭锋译，浙江大学出版社 2011 年 1 月第 1 版，第 21 页。

脑的哈佛法学院读书。”

完美的反差，让我们对这部影片有了足够的期待，我们期待看到这个漂亮的芭比娃娃是怎么在哈佛法学院被打得满头是包的，我们期待看到她是怎么扔下漂亮的衣服和化妆品，开始和那些学霸们在头脑上一较高下，和一个智商超过 160 的法律博士恋爱的，这些都是创意推销给我们带来的承诺，而这部影片完美地兑现了这些承诺。

那么创新点在哪里？在类型的交叉上。

这部作品的故事核让我们读到了基本的类型信息，包括以女性为主角的小妞电影、校园风格、青春、喜剧、成长元素。这些都不是创新点，都是基本的类型信息，而同类作品大部分都具备这些元素。

但是这部作品和其他同类青春校园喜剧有本质的不同，即女主角念的是哈佛法学院。影片的后半部分讲的是她走上了法庭，为一个谋杀案的嫌疑人做辩护律师，最终成功帮当事人洗清了冤屈。

法庭、辩护律师、谋杀案、被陷害的当事人、第一次开庭、第二次开庭，当这些元素出现的时候，有经验的观众都知道，这是另一个大类的电影——法律片。

法律片的调性一般倾向于罪案、社会反思，甚至带有一些黑色暴力元素。法律片本身所具备的元素，和青春校园喜剧就差异巨大，然而青春校园喜剧和法律片在《律政俏佳人》当中完美地结合在一起，成为这部作品成功的关键。

从一万部青春校园喜剧里，忽然出现这部作品，给观众一种似而不同的感受，女主角最后居然穿着靓丽的服装，在法庭里，坐在辩护律师的位置上，为谋杀案的嫌疑人做辩护。

两种类型的作品在这里混搭和交叉，给观众带来了全新的观影感受，直接使这部小成本作品成为年度的票房冠军。

你看惯了青春校园喜剧，那么在青春校园喜剧里加一点儿你没见过的法律片呢？这就是似而不同。

另外在这里要指出的是，一个完美的故事核的重要性。在《律政俏佳人》的故事核里，去哈佛法学院读书就是“谁”和“去做什么”之间的极度反差，但是“法学院”这三个字价值千金，不单单构成了反差，而且带来了似而不同，即创新点。

利用类型交叉进行创新的例子不胜枚举。

比如曾经在中国电影市场刮起旋风的一部电影《少林足球》，把体育片和功夫元素完美地结合在一起，还融入了周星驰最常见的小人物励志成长的元素。再比如“黑衣人”系列把科幻、喜剧、动作完美地交叉在一起。

可能在 20 年前，单一类型的作品，比如一部制作精良的动作片或青春喜剧片还比较能够吸引观众，那么现在随着观众观影经验的丰富，审美水平的提高，他们开始要求更多的元素交叉，给自己带来更多的期待和观影感受。

那么同样的，既然观众有这个要求，敏感的投资公司和制片人也一定会向你要似而不同的剧本。

“事实上任何影片的成功取决于……有一个超越我们对于同类题材影片的预期的故事。”①

在这里，我想再谈谈自己在创作中对似而不同的真实体会。

我的电视剧作品《面具背后》，其实是基督山伯爵故事的翻版，讲述的是一个人被害得家破人亡，父亲遇害，哥哥失踪、失忆，多年以后哥哥回来报仇的故事。

---

① ［美］布莱克·斯奈德：《救猫咪Ⅱ》，汪振城译，浙江大学出版社 2011 年 5 月第 1 版，第 3—4 页。

基督山伯爵的复仇故事永远是一个大类型的题材，历久不衰。然而如果你要写一个现代版的基督山伯爵，那么你的似而不同在哪里？你的创新点在哪里？

“类型常规……它没有抑制创造力，而是激发创造力。讲故事的人面临的挑战是，既要恪守常规又要杜绝陈腔。”①

《面具背后》的似而不同是双胞胎模式。也就是说，基督山伯爵的复仇故事加上一个双胞胎模式，构成了一个新的类型的混搭和交叉。

《面具背后》的故事核是，一对双胞胎，父亲被人陷害致死，哥哥从小走散失忆，在社会底层长大，而弟弟却在优越的家庭环境中成长。成年之后，就在弟弟找到哥哥，兄弟相认的当晚，弟弟被人杀死，哥哥决心假扮弟弟，进入那个陌生的家庭，潜伏在那些生意大亨的周围，向他们一一复仇。

转换身份，潜伏在仇人周围，向他们一一复仇，这是基督山伯爵的元素。双胞胎调换身份，哥哥在弟弟死亡后以弟弟的身份出现，向仇人一一复仇，这是典型的双胞胎故事的元素，两个不同类型的元素交叉在一起，构成了全剧的似而不同。

大概是因为《面具背后》的成功，之后我多次接到创作复仇戏的任务，都是写基督山伯爵式的故事。这也不难理解，市场本来就是如此，如果你在一个类型一个元素的创作上获得成功，那么相同类型相同元素的题材找你来创作是最合适不过的，因为这样有效地降低了风险。

但是每次接到写基督山伯爵式复仇故事的任务后，我都会追问自己：这次的似而不同是什么？这次是什么元素和复仇元素交叉？

---

① ［美］罗伯特·麦基：《故事》，周铁东译，中国电影出版社 2001 年 8 月第 1 版，第 106—107 页。

即使制片方或者投资方并不追问，我也要对自己有创作方面的要求。这也就是为什么如果有一天我做制片方，也喜欢和出色的优秀的编剧合作，因为他们养成了出色的优秀的创作习惯，对自己是有着高要求的。

套用现在流行的一句话，和优秀的编剧合作，缺点只有一个，就是比较贵。但也就是这一个缺点，通常他对自己的要求比你对他的要求还要高。

当然我心目中优秀的标准是比较高的，如果非要量化的话，那么就是作为主掌控编剧（独立编剧或者第一编剧），有至少两部反响出色（全国收视率前三或者网络点击率前三）的作品。一部作品的成功可能是偶然的，两部作品的成功只能是必然的。

我现在最新的创作思路是魔术元素和复仇的交叉。

一名国际级魔术师，潜伏到仇人身边，用魔术的方法向他们一一复仇。

这是一个魔术版的基督山伯爵式的故事，这次的似而不同也是用魔术的方法呈现的。

五、故事核的设定：一次进行

故事核里孕育着的那个极度的反差，是整个创作的起点与核心，这点我在前文已经一再强调过了。

这个反差是由编剧一开始就人为设定出来的。对于编剧来说，你在设定这个反差的时候，可以大胆一点儿，自由一点儿，想象力丰富一点儿，要敢于突破陈旧的思维，不要害怕任何荒诞、偶然、不符合逻辑的地方，设定极度的反差本来就是一种反逻辑、反常规的思路。

1. 设定允许使用偶然

不要害怕使用偶然因素，其实在设定反差的时候，我们是允许在主人公身上发生偶然的。换句话说，我们完全允许主人公不是主动地进入这个反差的世界，而是被动地进入这个反差的世界。只要主人公在进入这个反差的世界以后，主动地去和这个反差磨合就可以。

有很多编剧新手，往往会拘泥于主人公要主动不要被动，于是在设定反差的时候缩手缩脚，其实大可不必如此。

《虎胆龙威》里的布鲁斯·威利斯演的纽约小警察，就是懵懵懂懂地为了解决婚姻纠纷，无意间陷入孤独地和恐怖分子决战的境地。这个踏入陌生世界的设定可以是偶然发生的，主人公也是被动的，只要后面他与恐怖分子的作战够主动够勇敢就行。

《功夫熊猫》里的阿宝同样如此。当乌龟大师（又称“龟仙人”）伸出指定“神龙大侠”的手指的时候，阿宝无意间掉到乌龟大师面前，乌龟大师原本是要把“神龙大侠”授予老虎的，阿宝就这样无意之中不单学了功夫，进入功夫的世界，而且还一跃成为乌龟大师指定的“神龙大侠”。

《洛奇》这部电影风格非常写实。但是洛奇这样一个已经被业余俱乐部扫地出门的底层拳击手是如何获得向世界拳王挑战的机会的呢？这来源于一个偶然。拳王的挑战者因受伤无法比赛，但是他已经签了合同必须打一场比赛完成商业要求，于是他决定选一个当地的业余拳击手打一场表演赛。在翻阅业余拳击手名册的时候，他看到了洛奇的外号——意大利种马。这个世界拳王仅仅是因为喜欢这个外号，就选择了洛奇。这个设定对于洛奇来说完全是被动的、偶然的。但这不会影响到人物的塑造，只要这个偶然发生之后，人物主动融入那个新世界就可以了。

反差的设定允许这种极度的偶然，主人公莫名其妙就成了“神龙大侠”，主人公莫名其妙就获得了和世界拳王挑战的机会。

2. 设定只允许进行一次

虽然我们允许设定够荒唐、够偶然、够离奇，甚至有时候越荒唐、越偶然、越离奇反差的效果越好，但是对于编剧来说，要遵循大家约定俗成或者心照不宣的共同原则，即只做一次设定。

也就是说，当我们做了一次设定以后，接下来就要做到基本上目不斜视，只围绕着这一次设定来讲述故事。如果出现第二次设定，则基本属于剧本写作禁忌的范畴，那样会把剧本置于极其危险的状态下。

因为当你做了第一次设定之后，其实就是在旧世界的基础上建立了一个充满反差和期待的新世界，但是观众的观影习惯是不单可以接受你设定一个新世界，而且对新世界兴致勃勃，但当你做了第二次设定即建立起第二个新世界时，观众会非常容易感到被愚弄，甚至愤怒。

比如《钢铁侠》，设定了一个新世界，在这个世界里穿上那身盔甲就会变身为超人，可以飞，可以打，可以拯救世界。不管是托尼 · 史塔克（小罗伯特 · 唐尼饰），还是他的黑人朋友，只要穿上盔甲都可以立刻变身。那么如何设定反派？反派要足够有力，才能和钢铁侠一战。反派是基因变异的怪物，是外星人还是人造人？都不可以，这里的任何设定都是二次设定。穿上盔甲就变身是第一次设定，当观众兴致勃勃地接受了这个普通人和穿上盔甲变身超人的二元对立的世界之后，是万万不能接受第二次设定的。尽管在原来的二元对立的世界之外，还有一个变种人的世界。

《钢铁侠》的设定是完全符合一次设定原则的。大反派是找到了托尼 · 史塔克第一次丢弃在沙漠里的盔甲的残骸，在残骸里得到了灵感，进而也为反派设计了一套超级盔甲，于是最后盔甲超人大战反派盔甲超人，这样的设定就完全符合观众的观影习惯。

再比如《功夫熊猫》，阿宝是命定的“神龙大侠”，是狸猫师父的徒弟。那么大反派是谁呢？是狸猫师父的大徒弟——太郎。太郎为什么成为大反派野心家呢？因为他想成为“神龙大侠”而不得。你会发现所有的设定都围绕着“神龙大侠”和功夫世界展开，也就是只做了一次设定。

为什么这么多成功的商业电影，都不约而同地在反派的设定上选择反派和主人公师出同门，或者用同一种方式，或者用同一种神秘的力量，因为这些编剧老手们都明白一次设定原则。

如果要列举一个成功的反例的话，《复仇者联盟》则是一个典型。

《复仇者联盟》完全颠覆了一次设定原则，而是多次设定。里面的人物，甚至雷神这种神话人物都可以和钢铁侠、美国队长共存。

这应该是一个极其特殊的案例，因为《复仇者联盟》的观众是由每个英雄的粉丝构成的，既然要把这些不同世界、不同领域的英雄拼凑到一起，那么必然要打破一次设定原则。虽然观众基本也接受了这一设定，但是不管怎么说，看到雷神和钢铁侠谈笑风生还是会感到一阵阵别扭的。

然而这样的特殊案例并不能否定一次设定的基本原则，其实《复仇者联盟》里每个英雄的电影，不管是《钢铁侠》《美国队长》还是《绿巨人》基本都是符合一次设定原则的。

只允许一次设定！请记住这个编剧圈的小秘密。

六、故事核的作用

1. 故事核规定了类型和调性

一个剧本的故事核确定以后，整部影片的类型和调性往往已经基本成形。富有经验的制片人或者投资人，往往仅仅通过编剧给出的剧情梗概就会对整部影片的风格有一定的预期。而同样的，作为一个编剧老手，你也应该非常清楚地知道，自己剧本的故事核一旦设定，其实是确定了很多东西，而这些东西是不是符合制片人想要的类型和风格，则应该从一开始就有所考虑。

故事核里的“去做什么”，是规定整部影片类型或者调性的关键。也就是说，它会决定影片的方向。

他要去——赢得这场比赛。

这样的作品肯定是带有体育片风格的，比如我们之前提到的《洛奇》，还有《光荣之路》《卡特教练》《绝杀慕尼黑》等。

他要去——打败恐怖分子。

这样的作品一定是带有动作片风格的，比如我们之前提到的《虎胆龙威》，还有《海豹突击队》《第一滴血》等。

在动作类电影中，打败恐怖分子只是一种，而一旦出现消灭一个独裁者、拯救战俘、拯救人质这样的“去做什么”并构成故事核，整部电影毫无疑问带有浓烈的动作片风格。

他要去——揪出是谁在摆布他。

这样的作品大概率带有悬疑色彩。很多罪案类、悬疑风格的电影往往是这样设定“去做什么”的。比如希区柯克的《后窗》，还有《谍影重重》《七宗罪》《搏击俱乐部》《死神来了》。

他要去——追到自己喜欢的男（女）孩。

这样的作品往往就是爱情电影或者带有喜剧风格的爱情电影，比如《落跑新娘》《情圣》《律政俏佳人》。

在这里我并非想做理论上的归纳和总结，而是想特别提醒，如果你是一个出色的编剧，当你把你的故事核交给制片人或者投资方检验的时候，一定要清楚，自己的故事核究竟蕴含着什么类型。

一个错误的类型提示是会立即让你在制片人那里失分的，而对于你提交的故事核所带来的影片类型的不敏感，会直接将你的不专业暴露出来。

在现实创作中，当面对一个小型公司，试图投入几百万元制作一部小小的网络大电影的时候，一些编剧新手提出的“去做什么”居然是“打败外星人”。

科幻？好吧，这样的意见第一时间就会被制片人和制作公司否决掉，因为你的故事再出色，他们也没有资金去制作特效和完成宏大场面。

相反的，当面对一个打定主意要投资上亿元，上大平台走一线明星路线的剧集的时候，你也要精心地设计故事核，要让对方的资金有地方花，要让对方有机会把场面做大。

在一次剧本的讨论会上，当说到一个剧本的故事核的时候，一位年轻的编剧提出，这个剧本的故事核是男主人公要报家族的仇恨。

这个时候，现场一位富有经验的编剧兼投资老板立刻给他换了一个思路：

男主人公要报国家的仇恨。

当时我和那位年轻的编剧都不能明白，为什么报国家的仇恨比报家族的仇恨效果要好。这位资深的编剧告诉我们："报国家的仇恨就一定会写到两国交战，一个投资三个多亿的大戏，扔在主演身上的片酬就要上亿元，从匹配主演的身价来说，我无论如何也要把整部剧集的场面做大。"

如果仅仅限定在报家族仇恨，那么很难有战争场面，最多是动作场面。

我们当时是上了一课，这位富有经验的编剧（已经转型做投资老板多年）从最开始设定故事核的时候，就已经考虑到全剧调性与投资匹配度的问题。

如果你想做一个成熟的出色的编剧，那么从一开始设定最基础的故事核的时候，就要提高对调性类型的敏感度，虽然有很多编剧是因为长期的创作养成了良好的直觉，但他们确实可以凭直觉或者经验一下子判断出调性是否符合。

如果你希望能达到这个状态，没有 10 年的创作时间，不完成七八部作品，是无论如何都无法把自己的直觉磨砺得这么敏锐的。如果你还做不到靠艺术创作的直觉来把握，从理性上去了解、去把握也不错，但写故事核的时候要提前预见到调性类型和投资方要求的匹配度的问题。

2. 故事核规定了潜在观众群

当一个故事核确定了影片的调性和类型后，其实潜在观众到底是哪些人，已经有了一个大概的预期。

如果故事核是"我要从恐怖分子手里救出所爱的人"，那么明显是部动作片，一般来说男性观众爱看这类电影，这类影片总是少不了暴力杀戮的场面。

如果故事核是"我要去揪出谁是剥皮连环杀手"，那么明显是部罪案类型的作品，而且似乎带着一些暗黑元素，这样就连男性观众群也会进一步缩小，毕竟暗黑风相对来说小众一些，而观众群的缩小会直接导致制片方的谨慎或者投资方减少投资。

“去做什么”足够原始，可以保证观众群足够庞大。

如果你希望能拿到大投资，就需要大大扩展你的观众群，最好是不分肤色，不分民族，不分年龄阶层，一概通吃。

这点布莱克·斯奈德总结得非常好，让你的人物“去做什么”这个目标足够原始。

求偶、觅食、求生，这些“去做什么”都足够原始，是人类共同的一些想法，可以最大限度地扩展观众群。

从这个角度来讲，为什么中国每年引进的美国电影里总有几部灾难片？仅仅是因为灾难片的投资大吗？

几乎每一部灾难片的“去做什么”都是固定的，那就是求生。因此灾难片从剧情上来说，绝对是完美地跨越了种族、语言、文化的限制，确实也最可能拥有最广大的观众群。

《泰坦尼克号》就是一个非常典型的例子。穷小子爱上富家女，遭到美国商人未婚夫的嫉妒，这样的爱情三角关系对于美国观众来说可能是耳熟能详的，但是对于中国观众来说稍显陌生。然而这种爱情三角关系放在泰坦尼克号沉没灾难的背景之下，整个观众群就大大地扩展了。

所以有不少人坚持认为《泰坦尼克号》的爱情故事其实非常平庸，单单抽出来看确实如此，但是放在那个灾难片背景之下则不同。

同样，好莱坞的科幻电影为什么也常常被中国引进？科幻电影的故事核往往也讲述了人类生存的危机，这个人物的“去做什么”是求生，足够原始，足够跨越种族、文化、语言。

从这个角度来讲，为什么有了《流浪地球》之后，有人会把 2019 年说成是“中国科幻电影元年”？为什么中国的影视公司以制作大科幻片为荣耀、为里程碑？因为制作这类科幻片、灾难片，就意味着他们开始不单单盯着中国电影市场，而是希望把自己的电影输出到全世界的电影市场。

因为科幻片、灾难片从故事类型上来说，观众群往往是最广大的。

如果你看过《流浪地球》的话，应该明白其故事核就是一帮人求生，足够原始。地球流浪的原因也是全人类要求生，这个故事如果让一个美国观众来看也丝毫不费力。

3. 谨防期待落空

一个故事核确实为观众带来了欣赏的期待，这个期待有两层意思，第一层意思是类型本身带来的期待。

“老到的营销方略能激发类型期待……一旦我们已经告诉我们的观众去期待一个他们最喜爱的类型，那么我们就必须履行我们的诺言。”①

当观众发现这部影片叫《 ×× 谋杀案》的时候，自然就会把悬疑推理罪案，甚至黑色这些风格调性的期待带到观影的时候。

影片很快发生了罪案，扑朔迷离的案情，始终潜伏的凶手，一路追踪凶手的警探，这都是观众对类型的正常期待。

如果这部影片叫《校园坏女孩》的话，观众自然会把青春校园喜剧，乃至成长这些风格调性的期待带到观影的时候。

观众对这个类型一定有一个大概的理解，因而一开始就等着一个叛逆的

① ［美］罗伯特·麦基：《故事》，周铁东译，中国电影出版社 2001 年 8 月第 1 版，第 105 页。

少女，看她的恋爱、叛逆、和家庭的冲突、在学校的捣蛋，这个时候肯定会有一个契机让这个坏女孩成长起来。毕竟青春爱情电影往往是伴随着成长情节的。

这就是观众对商业类型电影本身产生的期待。

第二层意思就是我们之前提到的，你的故事核里包含着极度的反差，观众如果事先通过片名或者海报知道了这个反差，就会对这个反差产生的戏剧性效果有一个期待。观众希望那个男人婆进入选美会做卧底的时候会笑料百出，观众希望那个胸大无脑的金发美女进入哈佛大学法学院读书的时候会撞得满头是包，或者观众期待“妖魔鬼怪”上了战场是如何成为英雄的。

第二层期待，编剧一般不会让观众落空，因为既然你是编剧老手，既然你在设定故事核的时候就知道形成反差，那么你一定会想尽办法兑现。从结构的角度来讲，一个电影剧本专门用于兑现故事核设定反差的承诺的篇幅，应该占据整个篇幅的 1/4 左右。这个留待“结构”章节再具体描述。

第一层期待，要特别小心地维护，一个错误的片名、一句错误的海报宣传语都可能使观众的期待落空，这样会大大影响观众的观感。

“题目就倒霉的《麦克谋杀案》的营销策略将观众定位于一个神秘谋杀类型。然而，这部影片却是另一个类型，整整一个多小时观众都坐在那儿纳闷：‘这部影片中到底谁死了？’”①

罗伯特·麦基提到的这部《麦克谋杀案》其实是教育成长类型的作品，水平很不错，但是这个片名（片名是最重要的营销因素）直接让观众把它当成罪案电影来看，或者干脆吸引了喜欢罪案悬疑类型电影的观众来欣赏，最后这

① ［美］罗伯特·麦基：《故事》，周铁东译，中国电影出版社 2001 年 8 月第 1 版，第 105 页。

批观众的期待落空了，整部电影的好坏也已经不重要了，因为你把一群别的类型片的观众吸引到你这部影片的银幕前，毫无疑问你肯定会失败。

比如贾樟柯曾经拍过一部电影《三峡好人》，带有纪实风格，似乎还隐隐约约流露出一点儿昆汀电影的味道，影片故事是被打乱了时空顺序讲述的。

这是很精彩的一部影片，坏就坏在它的题目上。

“某某好人”，很难想象这样的片名会给中国观众带来什么样的类型期待，大概类似于主旋律为好人好事一类的电影，对标的电影应该是《离开雷锋的日子》《法官妈妈》《烛光里的微笑》等。张冠李戴最后肯定是大大降低了电影的票房。

再比如成龙有一部电影，直接翻译英文名应该叫《一个好人》，这个名字如果在中国的市场上，很容易让人立刻联想到刚才我说到的主旋律为好人好事的电影。成龙的动作喜剧电影如果被误认为是这一类电影，无疑是吃大亏了。

有人会说，看到海报上成龙的照片，中国观众基本上都明白是哪种类型了，但是你总还要照顾到那些不是成龙影迷的观众。

电影在中国内地上映的时候，是不会用从英文直译的片名《一个好人》来进行营销的，而是改名《义胆厨星》，完美地贴合了整部电影的类型。

切莫让你的电影给观众的期待落空，虽然这不完全是编剧需要关注的方面，制片方、宣传方的责任更大，但编剧应该是第一个给全片起名字和写海报营销宣传语的那个人，应该小心翼翼地避免这个地雷。

之前我用很大的篇幅比较详细地阐述了故事核的建立对一个剧本的重要性，提出了故事核的核心——建立极度的反差，是构成剧本的关键。接下来我还要举出几个反例，有几种情况在影视圈非常常见，但是常见不代表这是正确的。

4. 概念不是故事核

在剧本策划阶段，把概念当作故事核，是制片人、投资方甚至编剧都常常会犯的一个错误。

中国影视圈的策划、制片人常常会提出一个概念，并且莫名其妙被这个概念感动，然后觉得从这个概念出发，就可以构成剧本，进而打动观众，这是一个巨大的误区。

比如“回家”这个概念。

我曾经看到过非常资深的两位制片人外加投资老板，在提出这个概念之后，坚持要用这个概念来写一部剧集，并准备进行大投入请大明星。

概念是空的，提出一个概念不能构成故事核，编剧需要重新进行大量的创作才能把这个概念变成故事核。

同样是回家，《战俘列车》也是回家，这是动作战争电影的回家；《归来》也是回家，这是生活、时代、文艺色彩的回家；《玩具总动员 4》也是回家，这是喜剧动画合家欢色彩的回家。

当制片人、策划老板提出一个概念的时候，他们总是自以为得到了一个香饽饽，其实等于空气。对于剧本创作者来说，这样的概念毫无意义，即使之后他写出了精彩的剧本，那也是重新设定精彩的故事核的结果，绝不是因为那个空洞的概念的提出。

尤其是作为编剧，当你发现自己对面坐的制片人在大谈概念，而且居然认为他们提出的概念就可以投资，就可以赚钱，就可以占据市场的时候，请先质疑一下他们的专业水准，强烈建议谨慎与他们合作，因为他们连创作的基础都没有搞清楚。

我还听到过的从概念出发，从制片人和策划嘴里蹦出的伪故事核有：寻找爱情真正的归宿、成长、吃亏是福。

好吧，概念就是套话，如果谁抱着概念不放，请质疑他的专业性。

5. 题材不是故事核

一个题材乃至一个类型只是给编剧提供了创作素材或者某种方向，但是仍旧和故事核差得很远，死抱着题材的中国制片人不在少数。

“我决心要砸巨资做一部科幻电影，而且是硬科幻，因为中国从来没用过硬科幻，观众见过纽约冰封，这次我要把上海冰封。”

这样的话我也是不止一次地从制片人、投资人嘴里听到，这是典型的把类型本身当成故事核的思路。

硬科幻在中国市场上是缺失的，因此有这个雄心壮志当然很好，但是并不是你下定决心做这种罕见的类型就一定能成功。

《流浪地球》做硬科幻能大获成功，首先是由于刘慈欣的小说《流浪地球》搭建起了故事核。当小说中提出要带着地球离开太阳系，寻找一个新的位置去生存，即提出人类要让地球去流浪的时候，我觉得整个故事核已跃然纸上。

《流浪地球》的成功并不能证明是硬科幻就会在中国大获成功，这个类型以前在中国的电影市场是极度缺失的，但是如果认为只要填补了这方面的空白就一定能成功，那将大错特错。一个好的故事核才是起点，而不是一个类型概念。

6. 故事核的缺失：起点不牢的剧本

如果故事核本身是不牢靠的，就说明这个电影剧本的“地基”是松的，这样起点不牢的剧本从一开始就注定会失败，后期无论是用出色的导演还是宏大的场面，都无法挽回。

“创作一个电影剧本是一种特殊的，要求很严的技能。如果一些地方不奏效了，无论是一个场面，一个段落，或者一个人物，它都会在稿纸上留下一大块‘阴影’。它会成为灾祸种子，到后来会引发毁灭性的问题。”①

起点不牢、故事核缺失的剧本，一般来说是很难进入影视圈市场，真正被投拍出来的。中国的影视圈市场化做得比较好，这一类“天生残疾”的剧本往往很难被选中。

当然在一些投资极小的项目中，这样故事核缺失的剧本偶尔还是会被拍出来，原因无外乎这些作品的编剧、导演和制片人相对来说都不够专业。现在用小成本投资网络大电影的情况比较常见。

几个新手搭一个班子就要做一部作品，我偶尔会看到这种情况，有的时候会比较为投资这种作品的老板感到悲哀，因为这几个人搭配在一起，老板的一两百万元投资注定会打水漂。他们没有一个人是真正的影视圈老手，也没有一个人真正经历过炮火纷飞的战场。

有那么两三次，投资老板希望我来帮他完成剧本，甚至希望我仅仅做责编，当然开出的稿费极低，很希望看在朋友的面子上帮帮忙，我总是委婉地拒绝。

我承认拒绝的一个很重要的原因是稿费太低，但是还有一个很重要的原因是合作肯定不会愉快。当双方对创作的理解差距极大的时候，从一开始就注定无法合作。剧本也是一样，当故事核不牢、反差缺失的剧本被投资拍摄的时候，我敢肯定这是部烂作品，但是不明白这个道理的导演乃至制片人不会听你的，反而会觉得你是在故意找碴儿。双方的关系会很快闹僵，你会被认为是剧

---

① ［美］悉德·菲尔德：《电影剧作者疑难问题解决指南》，钟大丰、鲍玉珩译，中国电影出版社 2002 年 6 月第 1 版，第 4 页。

组多余的人，或者很难伺候的人，或者仗势欺人的人。毕竟你能看见那艘船前面的冰山，而他们看不见，直到船真的撞上冰山（一般来说是发行的时候）。有两次，我就是眼睁睁看着 100 多万元打了水漂，拍出来的作品没有一个平台接受，多么悲哀呀！

老板不是暴跳如雷就是灰溜溜地黯然收场，那些创作者没有一个会反思的，还一门心思怪东怪西，互相推诿责任，也没有一个肯承认自己其实是新手，连写剧本的基本知识和能力都没有。

越是这样的新手越有自信，他的剧本越碰不得，改一个字都不可以。每年这么多编剧专业的学生毕业，为什么有些人能在这一行一路走下去，有些人则不行。能不能保持谦虚的态度，能不能不断地承认自己还有很多不专业、不足之处需要继续学习，这个非常重要。

起点不牢、故事核缺失的剧本一般是不会被大投资方采用的，但是中国市场上偶尔也是有一些意外的。有一部大投入的院线电影为我们树立了一个起点不牢、故事核缺失的剧本是如何被拍摄出来的典型，它就是《天机 · 富春山居图》。

这是中国电影史上大名鼎鼎的一部电影，引发了审丑狂潮。

这部电影的剧本从一开始就是故事核缺失的。

《天机 · 富春山居图》的故事核：刘德华扮演的主人公要从国际盗宝集团抢回被盗的《富春山居图》。

如果从“谁去做什么”来衡量，这部作品的故事核基本还像样，调性也符合这部影片希望打造的特工电影的思路。

但也只是表面像样而已，这部作品的故事核是极度平庸的，因为“谁”和“去做什么”之间的反差是直接缺失的。

刘德华扮演的这个特工，上天入地，无所不能，似乎天生就是干特工的料，要抢回被盗的国宝，他是最合适的人选。

让这个天生就是干特工的料的超级特工在剧本中做什么工作？做特工，抢回国宝。

丝毫没有引发任何欣赏的期待，无论怎样看主人公都是完美的特工，刚好又让他去做特工。你希望观众期待看到什么呢？超级特工进入特工的世界？有紧张，有笑料，有危险？这会有戏剧性吗？不会有，大概只有工作流程。

观众要看的是精彩的特工电影，而不是特工流程的纪录片。

随便举个例子，你就会明白这个故事核的平庸之处。

美国电影《临时特工》的故事核：哥哥是美国中央情报局（CIA）的超级特工，刚刚从恐怖分子那里得到了超级重要的核武器交易的情报，但是被打死了。现在只有这个“死人”才能赴约，CIA 不得已临时找到了他的双胞胎弟弟顶替，这个弟弟连一天的特工训练都没经历过，是个洛杉矶街头贩卖黄牛票的小混混，就这样一头扎进顶级特工的世界，要为 CIA 拿回超级重要的核武器交易的情报。

你做一个比较就知道了，同样是去完成一个超级任务：找回国宝或者阻止核武器交易，《临时特工》是让一个洛杉矶街头的小混混去做，完美的反差；《天机·富春山居图》是让一个超级特工去做，完美地避开了反差。观众愿意看哪部作品，观众对哪部作品有期待，难道不是一目了然吗？

《临时特工》的片名也体现了它的故事核是最好的宣传语，把这个反差放在了片名里。《天机·富春山居图》呢？本来故事核就是缺失的，片名只好想怎么取就怎么取了。

如果你想写超级特工，就看看《谍影重重》。一个失忆的人，连自己的身份都不知道，从地中海被捞出来，然后一步一步地发现自己具备超级的打斗能力、超级的逃跑技能、超级的侦查与反侦查技能，最终发现自己是一名失忆的超级特工。

让小混混去做超级特工，让超级特工失忆进入普通人的世界，这就是完美的故事核体现出来的反差。

《天机·富春山居图》给我们提供了一个极好的反例，当剧本连故事核都缺失的时候，即使用再有名的明星、再大的制作、再好的宣传也没办法挽回。

千万不要认为《天机·富春山居图》的编剧兼导演不用功。据说，这位编剧创作这个剧本的时候写了 108 稿。当剧本的故事核缺失，起点不牢的时候，写 1800 稿都是无效的，再改来改去，也是治标不治本，就像在沙滩上建城堡，坍塌是必然的。如果这位第一次写剧本的编剧明白这个道理的话，他大概就会找一个有经验的编剧来打造这个剧本。毕竟这是大投入、高成本的电影，是不缺剧本费用的。可惜，他并不明白。

第三章

塑造人物

这一章我们集中精力讲如何塑造人物形象。

如果你想写出一个出色的剧本，就要学会塑造鲜明的人物形象。实际上如果你读了我上一章关于优秀的故事核的阐述，就会得出一个结论：一个优秀的故事核本身必须包含人物形象塑造这个先决条件。

因为你要打造一个优秀的故事核，关键是打造那个极度的反差。反差是在“谁”和“去做什么”之间产生的，那么对“谁”的打造就是人物形象的塑造。

“好的剧作是强有力的动作和强有力的人物的结合。”①

实际上被拍摄出来的电影剧本中，有一批人物形象塑造得确实比较弱，我们经常说这类剧本有动作没人物。尤其是一些好莱坞的动作电影以大场面取胜，以情节性、动作性取胜，但在人物塑造上偏弱。

比如 2018 年上映的电影《新古墓丽影》，再比如之前大红大紫、借着“世界末日”话题火了一阵子的《2012》，这些电影似乎又有点回到重外部动

---

① ［美］悉德·菲尔德：《电影剧作者疑难问题解决指南》，钟大丰、鲍玉珩译，中国电影出版社 2002 年 6 月第 1 版，第 125 页。

作、不重人物塑造的老路上去了。

动作电影确实比较容易犯这种错误，一旦编导把所有的精力都投入到动作场面的设计上，那么忽略人物塑造的情况就时有出现。我们很难相信一部爱情电影会忽略人物塑造，也很难想象一部心理题材的电影会忽略人物塑造，因为那样的电影如果没有人物，就没有灵魂，则整体会坍塌，而动作电影一旦忽略了人物塑造，起码还有一个热闹的动作外壳作为支撑。

这里面还有一个长久以来的误区，也是我和学生在讨论编剧技法时最容易产生争论的点。

比如“007”电影，大概是史上最成功的系列电影，也是续集最多的动作电影，尽管已经换了六代 007 的扮演者，但续集还在继续拍摄。

因为“007”电影的大获成功，似乎单纯靠动作噱头场面取胜的电影仍然可以生存下去，那么人物塑造是必需的吗？故事核里的反差是必需的吗？像“007”系列电影那样，纯粹以动作取胜不也是一条成功的道路吗？这是我的学生常常问我的问题，这些问题似是而非，非常具有迷惑性。

这些问题的迷惑性在于，单看每一部“007”电影，在动作场面的设计上确实占用了大量篇幅，在 007 这个特工的人物塑造上所花的笔墨却不多，也几乎没有哪一部“007”电影花时间把 007 的身世、来龙去脉、父母亲情、爱情给观众一一揭晓，所以“007”电影的成功似乎很能说明重情节重动作、轻人物塑造的电影仍然大有生命力。

但是当我反驳这个观点的时候，只要抛出一个论据，他们就会哑口无言。我常常问他们：你们能把 007 的人物形象描述一遍吗？一般我的学生都会如数家珍：帅哥、酷劲十足、身手矫健、喜欢香车美女、混迹上流社会的花花公子，等等。接下来我会让他们把看过的最新的一部“007”电影的情节描述一下，大部分学生立刻变得张口结舌、支支吾吾，似乎已经没有什么记忆了。我把条件又放宽了一点儿，让他们随便说出自己记得的一部“007”电影情节，大部分学生还是张口结舌，似乎所有“007”电影的情节都比较雷同，很难让人去清晰地记住。

由此，我们得出了一个重要的结论：纵观“007”系列电影，似乎给我们留下最最深刻印象的恰恰不是电影的动作情节，尽管每一部电影的动作情节都耗资巨大，而真正使这个系列可以经久不衰的却是007的人物形象，似乎每一位007的影迷对这个人物形象都非常痴迷。

为什么007的人物形象如此吸引人？秘诀是：反差。

007的人物形象近年来稍微有些变化，比如在《007：大破天幕杀机》里，那个喜欢香车美女，混迹上流社会花花公子形象的007就非常好地实践了设定反差这个编剧的基本原则，所以才会如此成功。

喜欢香车美女，混迹上流社会的花花公子，这种人物形象本身并非特异，甚至还略微俗套，但是我们不是在欣赏一部电影叫《皇室秘闻》，而是在欣赏一部特工电影。

特工应该具备什么样的人物形象呢？神秘、低调、混迹于人群之中，离群索居或者沉默寡言。对比一下《谍影重重》和很多其他电影里的特工，你会发现007最吸引人的地方就是高调、喜欢香车美女、混迹上流社会的花花公子和需要沉默寡言、隐蔽身份的特工之间极度的反差。

007彻底把通常我们理解的特工应该具备的人物形象做成了反面，于是这个形象经久不衰，也支撑着这个系列的电影长盛不衰。而实际上，最近10年的“007”系列电影，比如《007：大破天幕杀机》已经和之前的“007”系列电影大不一样，开始深挖007的内心世界和成长历程，如果按照这部电影的路数走下去，007的人物形象会进一步丰满起来。

从剧本构成的角度来说，极度的反差构成了优秀的故事核，成为一个好的电影剧本的起点。而从另一个角度来说，极度的反差构成了人物塑造，让观众对这一具备巅峰反差的人物产生巨大的兴趣并留下最深刻的印象。

所以我们谈到人物塑造的时候，还是时刻不能忘了关于故事核里的“谁”与“去做什么”之间的极度的反差。

我想再举一个很明显的例子，来解释在人物塑造中融入反差将是多么的出彩。

漫威系列电影这10多年来大行其道，不管是单个人物的电影传记《美国队长》《钢铁侠》《绿巨人》等，还是把他们组合在一起的《复仇者联盟》都在世界电影市场上非常吃香，吸引了一大批中国影迷，包括我在内。

我发现，这几年钢铁侠在所有的漫威英雄人物中越来越出彩，这个人物的影迷也越来越多，而且女性影迷的比例越来越高，以至于有一种说法，如果不是钢铁侠，似乎《复仇者联盟》未必能出到第五部。这也直接导致了钢铁侠的扮演者小罗伯特·唐尼的身价一路飙升，很快成为身价最高、人气最旺的明星。

仔细研究一下所有的漫威英雄人物，钢铁侠和其他人到底有什么本质的区别呢？有些人把钢铁侠偶像化，认为亿万富豪、花花公子、放荡不羁的形象很吸引女性观众。有道理。

我倒是想提出一个更核心的观点，钢铁侠是所有的超级英雄中唯一一个身上具备了极度的反差的人物。

想象一下，绿巨人要在某种特定的条件下才能变身，变身之前他是谁？一个科学家，能不能到处宣传他是绿巨人？当然不能，他一定是尽量不让人知道他的真实身份。看看《蜘蛛侠》，变身蜘蛛侠之前肯定要戴面具，摘下面具就是一个普通的高中生。再看看《超人》，不穿斗篷披风之前，他就是一个戴着眼镜的小记者。

所有的超级英雄似乎都是这个模式，戴上盔甲护具，穿上标志性的服装就化身为另一个人，似乎这个模式已经成为超级英雄的常规模式，而且非常具有合理性。这个模式本身包含着巨大的反差，即普通的记者、普通的高中生、普通的科学家和超人、蜘蛛侠、绿巨人之间巨大的身份的反差。

但是钢铁侠的反差最剧烈，是超越所有超级英雄之上的最大的反差。钢铁侠从不隐瞒自己的身份，他是唯一一个在第一部电影的结尾，向所有媒体公开宣称“我就是钢铁侠”的男人。

那个场面确实颠覆了我对超级英雄模式的所有预期，原来有一个超级英雄可以活生生地出现在镁光灯下，毫不掩饰身份。

这个超级英雄是用真名实姓生活在这个世界里的，他的家庭地址、他的父母身世，甚至他如何获得超能力都不是秘密，都可以公开，因为他很愿意生活在镁光灯下。

钢铁侠是对所有传统超级英雄模式的最大颠覆和反叛，他和必要时刻需要变身的超级英雄模式形成了最大的反差，带给观众最特殊的观看超级英雄电影的体验。

当我们看惯了普通人变身这个模式以后，忽然来一个“我就是钢铁侠”，我们一下子就被这个巨大的反差给吸引了，并拜倒在他的脚下。

在《钢铁侠》第一部的结尾，面对所有的媒体，主人公的原计划是否认自己和钢铁侠有关系，但是他忽然勇敢地说出了“我就是钢铁侠”。从那一刻开始，钢铁侠这个人物形象就独立于其他所有超级英雄形象之外，而且人气最高，这是剧本本身赋予这一人物的魅力。

归根结底，塑造人物和建立反差是紧密联系在一起的，两者相辅相成、缺一不可。

一、人物需求

要想塑造人物性格，首先就要赋予人物需求。

“明确人物的戏剧性需求。你的主人公想要什么？他的需求是什么？是什么驱使他走向故事的结局的呢？”①

你的主人公在剧本中究竟要完成什么目标？首先你要把这一点设置得足够清晰和简洁。这个在上一章节讲故事核的时候已经专门论述过，这里不再赘述。

但是有时候你想塑造人物形象，剧本外在赋予主人公的目标并不能有效地达到塑造人物性格的作用。

如果主人公是一个探员，他在剧本中的目标是抓获那个正在实施犯罪的连环变态杀手。

主人公的目标清晰、简洁、明确，但是探员抓捕罪犯是职务赋予他的目标，这个目标丝毫不能说明主人公的性格。1 万个探员里有 9999 个都可以设定这个目标，这不能说是一种性格，只是职务目标或者职务行为。

这是一个非常容易犯的错误，甚至很多已经上映的影片、很多影视圈的老手都会犯这个错误。

抢险救援队的队长去拯救被灾难围困的人群。

特工去拯救被绑架的人质。

消防队员去扑灭大火。

地质学家去寻找矿石。

---

① ［美］悉德·菲尔德：《电影剧本写作基础》，钟大丰、鲍玉珩译，世界图书出版公司北京公司 2012 年 8 月第 1 版，第 26 页。

这些都不是人物性格的塑造，如果说这些算是人物的需求，也是一种外在的、皮相的需求。

1. 人物内在需求是其性格丰满与否的关键

要想使人物性格丰满，并且令人印象深刻，给人物设置内在的需求是关键。

什么叫人物内在的需求？简单来说，就是人物在剧本中要完成的仅与该人物自身心理发展变化有关的目标。完成这个目标的心理动机往往是我们塑造主人公最有利的手段。

一个探员的目标是抓获那个连环变态杀手。

刚才已经说了，这是探员的职务行为，我们不能因此说接受这个任务并且为这个任务竭尽全力的探员性格有多鲜明。

但是如果我们要追问：一个明明可以不接受这个任务的 FBI 训练班还未毕业的女学员，为什么要冒险接受这个任务？这个时候我们才知道，原来她在单亲家庭中长大，她的父亲是一名小镇警察，她 10 岁之前，每天下午 4：30 都会站在家门口，守望当警察的父亲下班，当看到父亲后，她会投入父亲的怀抱。可是有一天，当警察的父亲被人杀死，那个 10 岁的小女孩再也等不到父亲回家了。

从此以后，这个小女孩变得敏感而脆弱。为了抚平内心深深的伤痛，也为了模仿父亲并且向最尊敬的父亲致敬，这个小女孩立志长大以后要成为一名探员，而且是一名 FBI 探员。

从她的动机中，我们忽然明白了一个道理，这个在 FBI 训练班尚未毕业的女学员完全有理由冒险接受这个任务，因为独特的身世在她身上留下了深深的烙印，促使她以此抚平内心的伤痛。

这部电影就是《沉默的羔羊》。

同样是探员抓捕连环变态杀手，朱迪·福斯特饰演的女主角克拉丽斯·史达琳，就不仅仅是探员这个符号，更是有血有肉、有独特人生的丰满的人物形象。这部作品从外在结构上看是一部探案类型的电影，讲的是探员抓捕连环变态杀手的过程，而实际上长期被看作心理题材电影的典范，这和人物形象鲜明的塑造有极大的关系。

再比如一部反响很棒的国产电影《集结号》。主人公谷子地大部分时间都在干一件事，寻找那些死去的战友的尸骨，外在目标很明确。

主人公谷子地百折不挠，拿着铁锹到处挖，到处寻找，谁的劝告也不听，谁的命令也不服从，他似乎要穷其一生寻找那些战死战友的尸骨。

看到最后连观众都对谷子地的这个行为产生了些许困惑，即使挖出了战友的尸骨又有什么用？他们都已经牺牲了，除了把他们的名字从失踪人员名录上换到烈士名录上，似乎也没有什么实质性的变化。

谷子地为什么要穷尽一生，冒着抗命，冒着被人嘲笑鄙夷，冒着放弃自己后半生的风险，去完成这样一个目标呢？

影片的最后把这个人物的内在动机告诉了我们。因为谷子地是捡来的孩子，他不知道自己的亲生父母是谁，不知道自己的身世，什么都不知道。养父母因为是在谷子地里捡到的他，就给他起名“谷子地”。

这样就能想明白了，对于谷子地来说，他们究竟是失踪人员还是烈士，这个名分不仅重要，而且就是全部的生命。谷子地这一辈子最大的遗憾就是没有个名分，自己是谁、叫什么，都是随机产生的。对于这个没名没分的男人来说，给战友们一个名分，确实值得他用下半生去追寻。

“表面之下的世界则是精神部分，这是主角通过剧情要学到的，是真正的故事。”①

在人物外在动作的表象之下，能不能为人物设置一个有力而独特的动机，这是塑造丰满的人物性格的一个重要因素。

那么人物的动机到哪里去找？只有一个地方可供寻找人物动机。

2. 人物的成长经历里有他的行为动机

人物独特的成长经历里，往往有他独有的行为动机，这个行为动机只要足够让观众信服，那么主人公之后完成剧本中人物的目标，就有了强大的人物形象做保证。

为什么编剧要设计主人公的成长经历？其实成长经历在剧本中所占篇幅是极少极少的。

比如《沉默的羔羊》里，女主人公的曾经，那个 10 岁的小女孩只在电影里出现了两个场面，一个是等待父亲回家，一个是再也等不到父亲回家。

再比如《集结号》里，对谷子地身世的交代只用了影片最后的字幕。

虽然所占的篇幅少，但是人物动机是人物外在目标的基石，也是人物形象塑造最有利的窗口，因此所有编剧老手都会给主人公设计足够细致的成长经历，以便在这个成长经历里抽取需要的场面，向观众展示。

这里面还有一个初学者最常犯的错误，也是在我和学生的交流过程中经常见到的。

一些只学习了初步编剧知识的学生会经常犯这个错误，特别是心思细腻的女生最容易犯这个错误。我让他们试着完成一个人物成长经历的分析，做一

---

① ［美］布莱克·斯奈德：《救猫咪Ⅲ》，韩程、李晋林译，浙江大学出版社 2013 年 5 月第 1 版，第 170 页。

个人物小传。我的本意是让他们通过对人物成长经历的分析和描述找出人物的内在动机。

然而接下来，他们往往会在人物小传上花大把的精力来精心设计主人公的长相、性格、生活习惯、饮食习惯，比如饮料是爱喝可乐还是爱喝咖啡，咖啡是爱喝星巴克还是爱喝上岛。

每次发现他们喋喋不休地设计细节的时候，我都会告诉他们，我说的人物小传不是这个意思。

我要求分析人物的成长经历，是要他们找出那个人物的动机所在，即影响人物一生的那个关键点。

谷子地只要有了那个点，不管他身高多少、长相如何，他都会把给死去的战友一个名分当成自己下半生的目标。

克拉丽斯·史达琳只要有了那个点，不管她脸上有多少雀斑，有没有整容，是一辈子咖啡不离手，还是终身不碰咖啡，都不影响她要完成那个抓捕连环变态杀手的任务。

人物的成长经历不是人物的细节，而是构成人物动机的那个点。

如果你的电影剧本已经有了一个出色的故事核，这个故事核里的人物要去做什么已经非常清晰，那么就意味着人物的外在需求已经非常明确了，接下来你将围绕着这个外在需求展开你的故事。

这个时候如果你希望你的人物性格是丰满的，人物形象是深刻的，别忘了仔细研究你的主人公的内在需求是什么，从他独特的成长经历里，你一定能找到那个点。

二、人物背景

说到人物的塑造，确实应该把主人公的成长经历一分为二，以剧本的开始为界限。

剧本中发生的这部分是你将要向观众正面重点展示的内容，而从你的主人公出生到剧本开始的这部分则是你的主人公的人物成长经历或者说人物背景。

“人物内在的生活是从该人物出生到故事发生这一段时间内发生的，这是形成人物性格的过程。”①

人物成长经历或者说人物背景这部分内容在剧本中往往并不直接正面展示，但是会强烈地影响到人物在剧本中的行为逻辑，特别是人物动机。因此，编剧自己要对主人公的人物背景了如指掌。

“如果你从出生开始系统地阐述你的人物，就会看到一个有血有肉的人物在眼前形成。”②

在上一章节我已经提到，编剧通常会为自己的主人公做一个人物小传，用一篇短文来阐述主人公在剧本开始前的人生经历，这非常有利于编剧了解主人公的人物背景。

但是千万要注意的是，做人物小传不要去赘述人物的细节。我们并不想知道，女主人公的指甲油是什么颜色，护肤品是什么品牌，喜欢开奔驰还是宝马，而颇有一帮人以这样写人物小传为能事。

---

① ［美］悉德·菲尔德:《电影剧本写作基础》，钟大丰、鲍玉珩译，世界图书出版公司北京公司 2012 年 8 月第 1 版，第 36 页。

② 同上书，第 36—37 页。

剧本不是小说，我们要把细节留给导演、演员、服装、美术和道具等其他专业人士。小说是你独自完成的艺术品，之后要面对读者，剧本并不是直接交给观众阅读，阅读的是导演、演员、服装、美术和道具等专业人士，他们会根据你塑造的人物去建立细节，不需要你什么都亲力亲为。

在当责编的几年里，只要读到编剧在人物小传里对细节亲力亲为，我就能判断出他是一个编剧的初学者。尽管之前他也许在小说界很成功，但是进入编剧行业是第一次。

除了在人物小传里对细节亲力亲为这个行为外，编剧的第二个露怯的行为就是在剧本里加入镜头语言。

所有的镜头语言，推拉摇移跟、蒙太奇、聚焦等，全部留给导演来做。你只是编剧，不是剧组的救世主，只需完美完成你应该完成的部分就可以了。尊重后面的二度创作、三度创作，这才是专业编剧应该有的态度。

有些学生告诉我，他们写得多是因为他们知道，他们面对的导演是个新手，不够专业，后面的剧组也接近于草台班子。我告诉他们，不管导演和剧组专业不专业，你都不要做不专业的事，你首先要遵守编剧的原则和规矩，他们不专业也许确实拍不出一部好作品，但是你写得多并不代表就能改善多少。只能说你现在接触到的创作层次级别还太低，努力提升自己，积累好的作品，提高自身名气，一步一步吸引出色的团队与你合作才是正道。

建立人物背景首先要考虑家庭出身。

我在构思人物小传（未必落成文字），建立人物背景的时候，首先要考虑的确实是人物的家庭出身。

家庭出身绝不是什么细节，而是形成人物动机的关键中的关键。

我在谈人物背景的时候，开头通常是“他出生在一个中产阶级的家庭，父亲是清华大学本硕博，母亲是北京大学本硕博，哥哥是哈佛大学的高才生，所以他有一种教育恐怖主义的心态。在这个家庭里，学历似乎成了一种信仰，而主人公一生中最大的遗憾就是他只读了一所普通大学的硕士。在他的心目中，他是全家学历最低、最应该自卑的那个人。所以尽管毕业多年，他的人生愿望仍然是能够读世界名校的博士。当他得知学校有一个去麻省理工学院深造读博士的机会，但是他只是第三候选资格的获得者时，他决定不惜一切代价去获得这个机会，从此以后在这个家庭变成学历最高的人”。

这是我谈人物小传的常规模式。我的阐述里，甚至都没说清楚这个主人公是男是女，但是我会非常在意塑造人物的家庭出身，由此很快生发出在这个家庭出身的背景下，人物的内在需求是什么，他这一生到底在追求什么。

在写人物小传的时候，搞清楚你的人物一生都在追求什么是关键。

实际上不同的家庭出身，往往决定着主人公这辈子追求的内容是不同的。

就像我前面列举的例子，中产阶级的家庭往往有教育恐怖主义的因素，学历似乎成了一家人的信仰，我身边这样的家庭、这样的观念比比皆是。

我在教授编剧课的时候，曾经带领学生做过一个有趣的实验，希望他们告诉我，如果一个人把一辈子获取更多的金钱当成人生的最高理想，他应该出生在什么样的家庭中。

学生一开始并不太能抓住重点，我便采用了让他们做选择题的方法。

我给出三个备选项：第一个是出身富裕家庭，第二个是出身农村贫困家庭，第三个是出身大城市贫民窟。

没有比较就没有伤害，很快学生都毫不犹豫地选择了第三个选项。经过比较他们立刻抓住了重点，这辈子把金钱看成是要追求的唯一目标的人，不会出生在富裕家庭，因为一出生就拥有的东西，从人性上来说通常就不会那么在意。

这种人也不太可能出生在农村贫困家庭，虽然从小缺钱，但是因为周围的环境差不太多，没有比较就没有伤害，所以心态不会如此扭曲。

而生活在灯红酒绿大上海的孩子，从小见惯了纸醉金迷，见惯了世界顶级品牌，出了家门走几分钟就是卖法拉利、兰博基尼的地方，而自己家什么也没有，是一穷二白的贫民家庭。因此，他们最有可能从小就建立起一个信仰：金钱是获得幸福的唯一途径。

其实仔细观察一下外在的世界，不同的阶层、不同的地域、不同的环境、不同的家庭出身导致人物建立起不同的人生信仰和目标，这是常态。编剧还有一项基本功，就是要多观察、多总结。

不同的家庭出身导致主人公建立起不同的人生信仰和追求，这是作为编剧建立人物背景的时候常常探讨的问题。

实际上前文提到的电影《集结号》里的主人公谷子地，也是一个关于家庭出身的完美的例子。他是一个从谷子地里捡来的没名没姓没来历，起名字都只能叫“谷子地”的人，这辈子大概都在追求一样东西——名分。因为他这辈子最缺的就是一个实实在在的名分。

所以每次在谈人物背景的时候，我所用的时间往往并不长，不会事无巨细地分析我的人物成长经历。我只要抓住几个要点，因为这几个要点在剧本中将起到关键的作用。

家庭出身、人生执着的目标、为什么形成这种人生目标，这一般是我撰写人物小传的三部曲。

这里面还有个初学者常见的误区，每当我让学生去撰写人物小传的时候，他们经常会告诉我，他们的人物这辈子没有什么特别要追求的人生目标。

我要求他们必须设定这一点，因为这一点对他们理解人物、写出性格鲜明的人物有重大影响。

但是他们有时候会这样反驳我："不是每个人都有人生信仰的，生活中很多人甚至大部分人都没有什么人生目标和信仰，即使有也是会随着环境改变的。"

这句话说得非常对，但是我们不是在探讨生活是什么，而是在探讨如何才能写出一个性格鲜明的人物。真实生活是什么样子的不重要，至少我们看到剧本里有人生目标的人总是显得性格鲜明，总是显得积极主动，总是能够推动故事的发展。

剧本中的人物确实来源于生活，但是并不等同于生活中的人物，需要编剧进行选择、剪裁和改变。

三、人物回顾

如果你的人物背景已搭建完毕，作为编剧的你对你的主人公过去的人生了如指掌，那么下一个问题就是如何在你的剧本中展现这一点。

之前我已经提到，人物背景就是从主人公出生到剧本开始的部分，是不正面重点展现的部分，那么我们为什么还要提展现这一点？

因为随着你的剧本发展，当你需要解释人物为什么对自己剧本中的目标如此执着的时候，你要有一个契机或者说有这个必要，把影响你的主人公一生的关键理由说出来。

让观众知道主人公的行为动机，非常有利于塑造人物，也非常有利于观众信服这个虚构故事核。

但是这里有一个问题，人物背景是一大段故事时，在电影剧本中无法啰啰唆唆地把一个人的一生，从家庭出身到成长过程全部一一陈述，那么这时候我们就要用到编剧，尤其是电影编剧最常用的一个手法——人物回顾。

“一个实现它的途径是做一个我称之为‘回顾’的练习……它也许是一件发生在你的主要人物 10 至 16 岁时的事。这个年龄造成的某种创伤可能会影响到你的人物的整个生活进程。”①

“一旦你创造了一个影响你的人物的生活经历或事件，然后就可以从这件事建立你的人物情绪的曲线，让人物面对和结束（或不结束）这个经历。它成为建立人物深度和多侧面性格的途径。”②

实际上在悉德·菲尔德那里，我系统地学到了什么叫人物回顾。

在对你的主人公过去的人生了如指掌后，找到对你的主人公人生最关键的一个时刻、一个时间点。这个时刻、这个时间点决定了他之后所有的行为动机。而这个时刻、这个时间点、这个场景是可以用闪回来直接呈现给观众的。

悉德·菲尔德还告诉观众，这个时间点常常发生在一个人的青少年时期，因为那个时期所受的创伤会让人刻骨铭心，那个时期是一个人世界观将要形成而未能完全形成的时期，会对一个人一辈子的人生目标产生巨大的影响。

这个确实有很强的现实依据，中年人形成极其稳定的价值观之后，相对来说是很难改变的，而青少年时期则可能一件事、一个场景、一个时刻就会改变一个人一生的追求和目标。

比如之前我们提到的电影《沉默的羔羊》，对于曾经那个每天等着父亲下班的小女孩来说，10 岁那年当警察的父亲被犯罪分子杀死，她再也等不来父

---

① ［美］悉德·菲尔德：《电影剧作者疑难问题解决指南》，钟大丰、鲍玉珩译，中国电影出版社 2002 年 6 月第 1 版，第 173 页。

② 同上书，第 178 页。

亲回家的那个时刻，就是改变她一生的重要时刻。

之后为什么克拉丽斯·史达琳会选择 FBI 探员做自己的职业，为什么在尚未毕业的时候会选择去与汉尼拔合作，为什么会拼死追捕连环变态杀手水牛比尔，和她的人生经历有重大的关系。

当父亲的死讯传来的那一刻，克拉丽斯·史达琳的内心从此变得极其敏感和脆弱，然而正是为了掩盖这种敏感和脆弱，也正是因为要模仿父亲，她才选择做 FBI 探员，才选择做一个外形强悍的女人，但是在心理学家汉尼拔面前，她一心想要掩饰的敏感和脆弱暴露无遗。

这些细腻的人物心理和动机，都有赖于人物前史的交代，但是电影剧本没有时间来长篇大论，那么把人生最重要的那个时间点展现给观众，就是人物回顾，是编剧正确巧妙的写作手法。

“回顾是个很有效的工具，它让你挖掘你的人物的情感实质和侧面。”①

比如《沉默的羔羊》的人物回顾，就是 10 岁的克拉丽斯·史达琳等不到父亲下班，等来的却是父亲的死讯那个场面。那个场面也是整部电影中唯一一个，导演使用了闪回，让 10 岁的孩子和父亲都正面出现在观众面前的场面，其他内容的表达都是顺着时间轴展开的。在这个时刻，导演使用了一个小小的倒笔，可见它对于塑造人物的重要性。

实际上，好莱坞的导演越来越谨慎地使用闪回，因为闪回相对来说会打断观众的欣赏惯性。

而在国内业界，大家有个共识，闪回有时候是个迫不得已使用的技巧，导演不会轻易使用。然而在这里导演使用了，我想一定是因为这个人物回顾的

---

① ［美］悉德·菲尔德：《电影剧作者疑难问题解决指南》，钟大丰、鲍玉珩译，中国电影出版社 2002 年 6 月第 1 版，第 175 页。

场景特别重要，必须正面展示给观众。

再比如一部中国香港的电影叫《伤城》。梁朝伟饰演的主人公刘正熙是一个极其疯狂的复仇者，把一生都用来复仇。为了向仇人报仇，他精心设计了全套计划，甚至制造了众多的邂逅和机缘巧合，以便他能够娶到仇人的女儿。这样做，仅仅就是为了让仇人更加痛苦。

然后他展开杀人计划，先杀死岳父，进而杀死与自己感情很好的妻子，虽然梁朝伟饰演的人物在感情上有犹豫有反复，但是最终复仇计划还是一步一步进展下去。

当观众看到刘正熙一步一步实现自己的复仇计划，最终要杀死深爱的妻子时，不禁想要问一个问题：复仇的动机究竟是什么，让这个主人公做出如此疯狂的举动？

在影片接近尾声的时候，导演终于把这个人物回顾正面展现给了观众。

小时候的一天，刚刚获得学校乒乓球比赛第一名的刘正熙拿着自己的奖品乒乓球拍跑回家后，却看到了全家人被杀死。因为父亲是一个正直的警察，他不愿意和贪腐的警察同流合污，所以惨遭灭门。这个孩子目睹了全家人死亡的惨状，躲在床底下逃过一劫，当他哭着去报警时，发现那些凶手就是贪腐的警察。

于是上天无路、入地无门的孩子跑到了孤儿院，他决心用一生的时间来复仇，他的人生从那一刻起就被定义为复仇。

有了这个人物回顾，观众才明白影片中疯狂的复仇者的人物动机。导演在这里不惜笔墨地使用闪回，也向我们交代了主人公最重要的人物内心动机。

相比于《沉默的羔羊》，《伤城》在人物回顾上还使用了道具来加深印象，联结闪回和现在。

对那个跑到了孤儿院的孩子来说，原来的家庭除了给他惨痛的回忆，其他什么也没留下。当时他手里还拿着自己在学校乒乓球比赛中获得的奖品——乒乓球拍，这个球拍的内侧还有冠军的符号。

当已经大仇得报的刘正熙拿出那个乒乓球拍，亮出球拍内侧的冠军符号的时候，现实和闪回完美地通过这个道具交织在一起，不单是在情节上、人物上，甚至在剪接的技法上都留出了完美的呼应空间。这是完美地使用人物回顾的案例。

我最近正在撰写的一部网剧，其中也使用了人物回顾这个技巧。

这个剧中人叫何阳，是一个商业奇才，但是性格极其冷酷，为了成功简直不择手段。对于他来说，所有的感情、所有的东西都要让位于商业，唯有商业上的成功，即把他的企业做大做强才是他一辈子执着的目标。

然而出生于中产家庭的他，小时候是一个脆弱而敏感的孩子，感情丰富而细腻，是什么让他后来变得如此冷血和不择手段呢?

我给他设置了这样的人物背景：对于何阳来说，人生最大的压力就是每天生活在优秀的哥哥的阴影下。哥哥各方面都太过优秀，无论是相貌、学习，还是待人接物，都远远超过了他，他从小就感到自己不如哥哥，后来变得冷血不择手段地想要成功就是为了证明给所有人，特别是他的父母看，他已超过了哥哥。

在写何阳的人物回顾的时候，我选取了小何阳的两个人生场景。

第一个场景是何阳 7 岁的时候，一天晚上假装睡觉，偷听到了父母的闲谈，母亲提到有了老大以后，他们并不打算再生孩子，只是那个年代避孕套缺货，才导致了小何阳的出生。小何阳听完忽然明白了，自己是意外来到这个世界上的，父母的原计划里只需要他优秀的哥哥就可以了，不需要他这个意外的孩子。

第二个场景是哥哥过 10 岁生日请客的时候，小何阳总是怀疑哥哥盘子里的龙虾比自己盘子里的龙虾大，认为父母偏爱哥哥。当他悄悄地看哥哥的盘子后，发现哥哥盘子里的龙虾被刻意安排得比自己盘子里的龙虾小。8 岁的小何阳忽然明白了，父母就是在区别对待这两个孩子。即使是哥哥的 10 岁生日宴，还要特别让哥哥的龙虾小一点儿，父母就是偏爱哥哥。于是小何阳从此以后下定决心要和哥哥一决高下，要让天下人，尤其是自己的父母和哥哥都看看，谁最终会获得成功。

在剧本开场，何阳就是一个企业的总经理，一个冷静到近乎冷酷的人，被称为“机器人”。他的员工、朋友、同学，谁也不知道他曾经是个脆弱而敏感的人。在剧本的中后段，最终会有一个契机，把何阳的人物回顾展现给观众，告诉观众何阳这个人物成长的来龙去脉，告诉观众何阳这个人物性格养成的原因。

直接呈现与间接呈现。

当你为你的主人公设置好人物回顾，并对你的主人公青少年时期影响他一生的时刻了如指掌后，还有个如何呈现给观众的问题。

这么重要的时刻，是无论如何都要呈现给观众的。

第一种呈现给观众的方法叫直接呈现，即直接使用闪回的方式把那个人物回顾的场面拍出来给观众看。这种方法直接有效，很多优秀的作品都使用过。

之前举的例子《沉默的羔羊》《伤城》都是用一个闪回，使主人公回到孩提时代，把人物回顾直接呈现给观众。

然而直接呈现的好处是直观，让观众印象深刻。但是坏处是现实故事要暂停几分钟，要使用倒笔，需要观众重新去整理线索和头绪。比如当画面中出现孩子的时候，观众要花一点时间去搞明白，哪个是主人公。

闪回有时候会打断现实时空故事的推进过程，让现实故事的情绪节奏出现中断。在有些现实故事节奏紧凑的剧本里，这种闪回的负面效应往往很大。

这便是在几十年前，悉德·菲尔德就说闪回这个技巧已经过时的原因。有些编剧和导演确实既希望可以向观众展现主人公身上关键的人物回顾，又不希望打断现实故事节奏，那么这个时候编剧怎样才能做到两全其美呢？

第二种呈现给观众的方法叫间接呈现，人物回顾也可以间接呈现。

主人公在现实时空碰到当年的人和事，通过主人公和这个旧友的讲述与反应来间接展现当年的那个重要时刻。

直到目前为止，我没有看到任何一本编剧的理论书和工具书阐述过这种方法，而这是我在编剧写作实践中常用的技巧。

比如《无间道》，是一部由双主人公构成的电影，主人公之一是梁朝伟饰演的陈永仁，他是警方安插在黑社会的卧底。对于陈永仁来说，有一个重要的人物回顾，就是初恋女友当年和他分手，并打掉了两人的孩子。陈永仁想挽回初恋女友，但是初恋女友表示家里没法接受一个和家里人吃着饭就出去拿刀砍人的古惑仔男友。陈永仁明明是警方卧底，但是因为无法解释，最终失去了初恋和自己的孩子。这件事对陈永仁的伤害很深。

简单的方法是把这个场面直接呈现给观众。而实际上在《无间道》的前传《无间道 2》里，这个场面确实被正面呈现给了观众，年轻的陈永仁在初恋女友面前砸酒瓶子，并大喊："她把孩子打掉啦！"

在《无间道》第一部里，这个小小的人物回顾，编剧、导演没有使用闪回，没有让它占用剧本宝贵的时间，没有让观众去另一个时间轴重新适应那个重要时刻，使用的是间接呈现。

《无间道》中的场景：中年的陈永仁还在做卧底，很快就要收网抓黑社会头目韩琛了。有一天他走在路上，偶遇初恋女友，两人尴尬地打招呼。陈永仁看到初恋女友带着女儿逛街，便问女孩几岁了，初恋女友赶紧紧张地替孩子回答：“5 岁。”陈永仁听到这个岁数悻悻而去。这个时候小女孩告诉妈妈：“妈妈你说错了，我 6 岁了。”妈妈说：“对不起，妈妈记错了。”

妈妈自然是不会记错女儿的岁数的，唯一的解释就是这个女孩正是陈永仁的女儿。当年初恋女友骗他打胎分手，其实是默默生下了孩子，做了单亲妈妈。

这个场景的信息量是巨大的，戏剧性力量极强。初恋女友生下了陈永仁的孩子却拒绝让他知道，因为他是个古惑仔。然而陈永仁百口莫辩，因为他不是真正的古惑仔而是正直的警察，是为了抓捕这些古惑仔而做卧底的。然而正是做卧底让他失去了人生挚爱和已经出生的孩子。

这就是间接呈现，通过现实时空的陈永仁和初恋女友发生的碰面、对话乃至人物关系，间接地提示观众，当年发生了什么可怕的事情，让陈永仁一辈子伤心。

这种方法能巧妙地避免破坏故事的进程和节奏，又能把重要的人物回顾交代给观众，是一种很高级的编剧技巧。

使用这种技巧还有一个好处，就是制片人以及演员一般来说都比较支持。

站在演员的角度，演主人公的一定是名气最大、片酬最高、演技最好的演员，他当然希望重要的戏份都放在他的身上。站在制片人、投资人角度，既然花了一个亿请来了大牌演员，当然戏份集中在他身上最好。有时候制片人恨不得电影的 110 分钟每时每刻都放在主角的身上，甚至有大腕演员在剪辑的时候让助理在旁边盯着，多剪他的镜头，因为卖的是他的人设。

从这个角度来说，如果这个时候使用 3 分钟闪回回到主人公的孩提时代，那么你请的演员大咖就没法表演了，只能另外布置一个场景，请一位小演员来演这个角色。演员大咖的演技就这样在人物回顾这一如此重要的场面浪费了，他演技再好也是干着急使不上力气。

如果这个时候使用间接呈现，就是让他在现实时空碰到故人，谈起当年那段关键的往事，这样往往最考验演技。相信我，这绝对是制片人和演员最满意的时候，当看到出色的间接呈现的人物回顾，懂行的制片人和演员都会给编剧打满分。

间接呈现的方法还经常出现在电视剧剧集里。

比如美剧《绝命毒师》就是一个很好的例子。

主人公怀特是个普通的中学化学老师，得了癌症之后，为了给妻子、孩子留下活命钱，他决定铤而走险去制毒、贩毒。

怀特毕业于名校化学系，原本应该自信满满地与合伙人一起研制新药，开创制药公司，干一番大事业。他在研究生期间确实如此，和他的两个同学（一男一女）一起做实验，完成了非常出色的工作。

然而是什么让怀特最后自暴自弃，放弃了年轻时候的梦想，离开了实验室，跑到一个偏远的小城做一个中学化学老师的呢？

这里的人物回顾大概就是，他发现自己的女友，也是自己的同学和实验搭档背叛了自己，而背叛的对象是自己的另一个朋友。于是怀特怀着深深的痛苦，离开了实验室，离开了创业公司，做了一个默默无闻的化学老师。

在这部剧集里，是如何展现怀特这个人物回顾的？这个人物回顾对主人公的塑造，行为动机非常重要。《绝命毒师》的编剧使用了间接呈现的方法。

全剧没有正面描写那个对怀特来说最重要的时刻，而是用这样的方法展示：当怀特得了癌症后，又见到了当年的两个同学，曾经背叛他的两人已经结成夫妻，开办了一家大制药公司，可谓事业有成。

两人听说怀特得了癌症，也许是由于一直以来对怀特的愧疚，便主动提出要帮怀特承担医药费。

怀特拒绝了，他宁愿冒着巨大的风险去制毒、贩毒，也不愿意接受他们的资助。当观众惊讶于怀特为什么这么傻的时候，对怀特和前女友吵架的呈现以及吵架内容的描述，让观众大概知道当年发生了什么，也知道为什么这两个人要帮怀特付医药费，怀特又为什么要拒绝。

怀特一辈子都没法原谅这对夫妇，接受他们的资助对怀特来说是事关尊严的事。我们一方面能够看到现实时空怀特的反应，另一方面能够通过他的反应以及人物回顾，知道是什么对主人公心灵造成巨大的伤害。

在和前女友吵架后，怀特的最后一句台词是"fuck you"。怀特这个平常懦弱温和又文雅的人，却破例说了一句脏话。这显示了当年的事毁了他的一生，以至于他到现在都非常介意。

全剧共 5 季，非常长，然而从未直接展现那个人物回顾，而是通过间接呈现的方式把人物回顾展现得淋漓尽致，达到了非常好的戏剧效果。

四、人物弧度

人物弧度其实就是人物在剧本中的成长轨迹。在很多编剧理论书中，人物弧度又被称为人物曲线，其实两种叫法大同小异。

前面我们用了大量的篇幅来谈故事核，其实故事核往往保证了一个故事的外在可看性，人物要有清晰目标，有具体动作，而且是由最不靠谱的那个人去完成那个目标，很有悬念。

然而那只是故事的外在层面，出色的剧本外在层面热热闹闹，但是同样有一条精彩的内在层次线索，这条线索基本上就是人物内心成长的线索。

"你可以为你的英雄找一个外部敌人去追踪、战斗，但是真正的胜利还是他内心的成功。”①

在好莱坞编剧那里，人物内心的转变即人物曲线已经成了一种通用模式，这种人物曲线甚至变成了“曲线公约”。

“曲线公约这条编剧规则是指：影片中的每个人物在故事进行中都要有所转变。只有坏蛋才不会发生转变。但主角及其朋友都会发生较大的转变。”②

我们每年都要生产很多外形上花里胡哨的速食主义的电影，特别是很多游戏、动漫改编的电影往往落入这个窠臼。为什么电影的外部情节排山倒海、上天入地，观众就不爱看呢？很多时候原因就是只有外在的动作线，没有内在的人物成长线。

外在的动作线和内在的人物成长线就像一段交响乐中两个互相重合的篇章，它们一起奏响的时候，整个电影剧本才会丰富和完整起来，观众才会既得到视觉享受，又对人物产生情感共鸣。

这也就是为什么人物内心成长曲线即内在线索缺失的电影，往往常见于游戏改编或者动漫改编的电影。因为如果不是游戏或者动漫改编的，这些“瘸腿”的剧本根本没办法被选中，更不用说被投资拍摄。但是游戏和动漫可以卖情怀，可以靠粉丝，这个时候大家对剧本的要求似乎有所降低。

最典型的例子就是“古墓丽影”系列电影，在前两部作品中人物性格的塑造十分薄弱的情况下，2018 年上映的第三部《古墓丽影：源起之战》大大增加了人物性格的塑造，大大增加了人物曲线的设置，应该说制作方意识到，像 2001 年第一部《古墓丽影》电影靠着卖情怀、卖奇观效果和女主角的紧身

---

① ［美］维基·金：《21 天搞定电影剧本》，周舟译，北京联合出版公司 2015 年 6 月第 1 版，第 109 页。

② ［美］布莱克·斯奈德：《救猫咪》，王旭锋译，浙江大学出版社 2011 年 1 月第 1 版，第 106 页。

衣，票房就能大赚特赚的时代已经过去了。

那么到底什么是人物曲线呢?

简单来说，就是你的剧本人物一开场是什么价值观，经历了整个剧情的发展之后又是什么价值观，这两个价值观正好呈相反对应的状态。

一个人在开场的时候胆小懦弱，而经历了整个剧情的发展之后，在剧本的结尾处成为一个内心强大的勇者。这个常见于动作电影。

一个人在开场的时候冷血残酷，而经历了整个剧情的发展之后，在剧本的结尾处成为一个懂得爱、懂得温情的人。这个常见于爱情电影。

一个人在开场的时候笃信国家法律制度，而经历了整个剧情的发展之后，在剧本的结尾处成为一个以暴制暴的游侠。这个常见于传奇电影或者西部电影。

开场和结尾必须是一一对应的。

这点请特别注意，也就是说你设置的人物曲线，必须让他在开场和结尾谈论的是一件事。如果我们谈论的是面对危险时的勇气，那么开场的时候是懦弱，结尾的时候就是勇敢。如果我们谈论的是感情，那么开场的时候是冷血残酷，结尾的时候就是温情脉脉。

我见过很多创作者并不遵从这条原则，开场的时候人物懦弱无能，结尾的时候人物温情脉脉。

错了，你开场和结尾谈论的不是一件事，这不是人物曲线，这不是人物内在的成长轨迹，这是东一榔头西一棒子，会让观众看得莫名其妙。

比如一部经典的美国喜剧电影《公主日记》。

主人公米娅开场的时候特质是什么，或者说性格是什么？一个自卑懦弱，对自己的长相、才能毫无信心，以至于演讲的时候会紧张得要呕吐，碰到事情的时候会躲到阁楼上自闭的美国女高中生。

米娅在 16 岁的时候得知，她的亲生父亲刚刚意外去世，而她是欧洲小国基诺维亚的王位继承人。她的奶奶要在几个星期内把她从一个自卑懦弱的丑小鸭塑造成一个风度翩翩、谈吐自信的贵族中的贵族，登上女王的宝座。

这个设定完美符合反差定律，把反差越大故事核就越强做到了极致。

那么这个剧本结尾的时候，米娅变成了一个什么样的人呢？米娅主动来到了大庭广众之下，自信地向大家宣布，她会担任基诺维亚的女王，勇敢地承担属于自己的责任。

从剧本开场的时候碰到事情会躲到阁楼上的胆小鬼，到剧本结尾的时候公开演讲表示要承担女王的责任，米娅完成了完美的剧本人物曲线。而且为了对应这一点，导演还巧妙地设计了米娅开场的时候在学校的一次演讲中因为紧张呕吐使得演讲半途而废的情节。剧本的结尾处，米娅变得自信，敢于承担责任，似乎遇到演讲就神经失调、紧张呕吐的症状也完全消失了。

不单单内在的人物成长线是对应的，外在的表现方法（演讲）也是对应的。

再比如一部经典的美国电影《正午》，我的作品《7 把枪》有很多写作灵感就来源于这部电影。

《正午》的男主角是威尔·凯恩，一个西部小镇的警长。从警这么多年，对他来说，警徽、法律、荣誉以及小镇人民的爱戴是他生命的全部，是他信仰的天条。

因为凯恩娶了一个贵格会教徒，而贵格会教徒反对一切暴力，凯恩决定结束警察生涯。在教堂举行婚礼之后，凯恩卸任警长的职务，新任警长第二天上任。

然而就在婚礼当天，当年被凯恩送进监狱的大盗现身小镇，显然他在等着同伙到来一起复仇。这个时候凯恩虽然已经卸任警长的职务，但他勇敢地再次戴上警徽，决定继续保护小镇，守卫自己的信仰、荣誉和小镇的荣光。

然而接下来小镇的人们面对匪徒时的冷漠和伪善让凯恩大开眼界，所有人都在找各种理由推托，不肯帮助人单势孤的凯恩。甚至凯恩在阳光明媚的中午走在小镇上，小镇也是静悄悄的，所有人都躲在家里。

凯恩在这两个小时里看透了这个小镇上所有人的伪善和懦弱，当他最后把匪徒干掉时，愤愤地把警徽拿下来扔在地上，扬长而去。

这是完美的人物曲线的经典案例。开场的时候笃信法律正义，警长的责任，小镇人民的爱戴，以佩戴警徽为荣。结尾的时候彻底看透了所谓的法律正义、看透了小镇人民身上的虚伪、懦弱和无耻，于是他扯下警徽扔在了地上。

剧本的开头与结尾人物的性格塑造是相互呼应的，正好呈 180 度的转折，而且一头一尾在讨论同一件事，这就完美地展现了人物曲线。

先知道结尾，再切入人物的开场。

我们前面列举了很多例子，完美人物曲线的例子。

那么作为一个编剧、一个创作者，除了会解读、会判断一部电影的人物曲线是做得好还是做得糟之外，在创作的过程中通常还会面临一个什么样的问题呢?

现在的编剧市场，命题作文越来越多。

你写的题材、故事、方向经常是由制片方或者投资方定好的，在你已经知道故事结尾的情况下，根据故事结尾决定你的人物应该从哪里切入，这是最正确也是最实用的方法。

如果制片方给你的题目是写一个英雄人物，最后他要脚踏五彩祥云来拯救世界，你能不能从一个稀泥软蛋开始写起?

实际上我写的《7把枪》就是按照这个思路展开的，只不过我的任务是塑造7个英雄人物，于是我就从“投降大王”“逃跑大王”、老兵油子、超级老滑头开始写起。

《7把枪》的剧情在之前讲述故事核的时候已经介绍过了，这里不再赘述。

如果制片方给你的题目是写一个有责任感、有担当的人，最后他要为了亲情放弃一切，你能不能从一个自私冷漠的人开始写起？

比如著名的电影《雨人》，就是从一个极度自私冷漠的人开始切入故事的。

如果制片方给你的题目是写一个白人，最后他与黑人关系极好，打破了种族歧视，你能不能从一个种族歧视严重的白人开始写起？

比如奥斯卡获奖电影《绿皮书》，就是从一个超级种族歧视者写起，歧视到有黑人在他家喝了一口水，他把黑人用过的杯子扔进垃圾桶的地步，恰恰是这样一个人最终和一个黑人音乐家成为一生的挚友。

“让你的人物都后退。为了表现故事中每个人的成长和变化，必须让所有人回到起点。”①

之前我在讲述为故事核设定反差的时候，也有过相似的论述，从故事结尾的反面开始切入，那是为了制造最大的反差，使故事核更加精彩。

同样，从故事结尾人物状态的反面，回到起点来撰写人物的开场，也是完成完美人物曲线的关键手法。

我想最后再举一个例子来说明人物曲线的写作方法，也是我自己写作的一个经典案例。

---

① ［美］布莱克·斯奈德：《救猫咪》，王旭锋译，浙江大学出版社2011年1月第1版，第120页。

在七八年前，我接到一个写作任务，要写明朝著名作家汤显祖。当时关于汤显祖生平的资料极其缺乏，但最后汤显祖一定是成了一个伟大的作家，一定是写出了旷世大作《牡丹亭》，这一点是毫无疑问的。

既然这个结尾已经定了，那么从哪里切入故事写汤显祖呢？我安排的写法是当别人走进汤显祖宅邸的时候，汤显祖已经失踪了，哪里都找不到他。当大家从柴房里找到汤显祖的时候，他说的第一句话是："我不知道该怎么写《牡丹亭》的后半段，我好像已经完全失去了写作的灵感。"

我承认我写汤显祖的时候，深受电影《莎翁情史》的影响，《莎翁情史》的开场，也是莎士比亚在忏悔祷告："我已经失去了我写作的灵感。"

从哪里开始写一个大作家呢？从他失去灵感，写不出任何一个字开始。

"让主角尽可能后退，这样故事才可以讲他的成长。"①

《莎翁情史》里，最后那段美好的爱情让莎士比亚写出了《罗密欧与朱丽叶》。我的电影《梦寻——汤显祖传》里，汤显祖和罗二娘那段凄美的生死之恋让汤显祖最终决定了《牡丹亭》里人物的走向，他们会死而复生。

从结尾的反面来写人物的起点，最终完成完美的人物曲线，这是写作人物曲线最重要的方法。

五、人物选择：性格塑造的唯一手段

塑造有血有肉有个性的人物，这是长久以来编剧乃至小说家都孜孜以求的目标。

---

① ［美］布莱克·斯奈德：《救猫咪》，王旭锋译，浙江大学出版社 2011 年 1 月第 1 版，第 120 页。

在现实的编剧圈里，一直流传着这样一句话："三流的编剧写情节，二流的编剧写人物，一流的编剧写情怀。"从这句话就能看出，会写情节的编剧未必能塑造好人物。而反过来则不然，会写好写深人物性格的编剧，一定是能写出精彩情节的编剧，只不过他已经不拘泥于情节的紧张、热闹、精彩，而是希望在情节紧张、热闹、精彩的同时，写出鲜明的有个性的人物来。

情节其实就是人物的动作。确实存在一种剧本，人物动作丰富精彩，跌宕起伏，热闹非凡，但是人物形象单薄而扁平，这到底是怎么造成的呢？

美国伟大的小说家亨利·詹姆斯写道："事件就是人物的启发者。"[①]

问题是有些精彩的事件启发了个性鲜明的人物，有些则不然，这里面究竟有什么技巧？

1. 主动动作与被动动作

我们之前不止一次地提到，故事核的一个关键是确定"谁去做什么"。那么，"去做什么"就是人物的动作。如果你的剧本想要做到情节跌宕起伏，精彩迭出，那么你一定要把"去做什么"这一部分设计得非常有趣，又非常明确。

当看到《加勒比海盗 4》里，主人公扬帆出海，去寻找位于世界某处的传说中神奇的生命之泉时，我毫不怀疑接下来一定能看到一部剧情跌宕起伏、视觉效果刺激的电影。

问题是有些"去做什么"只能带来剧情不能带来人物，而有些"去做什么"则会带来具有鲜明性格的人物。

---

① ［美］悉德·菲尔德：《电影剧作者疑难问题解决指南》，钟大丰、鲍玉珩译，中国电影出版社 2002 年 6 月第 1 版，第 10 页。

简单地说，如果人物的“去做什么”只是人物的被动行为，那么只能产生情节，不能产生人物性格。如果人物的“去做什么”是人物的主动行为，那么既能产生情节，又能产生鲜明的人物性格。

美国当年有一部经典的动作电影《亡命天涯》，从这部电影的名字就能知道，这是一部剧情跌宕起伏极其精彩的动作电影。一点儿没错，这部电影剧情跌宕起伏，翻转一个接着一个，简直让人眼花缭乱。这应该是我所看过的剧情最曲折最精彩的电影之一，但是看完我只记住了精彩的剧情，对主人公的性格却比较模糊。

《亡命天涯》讲了这样一个故事：主人公是一位名医，一次做完手术回到家中，发现妻子被杀，凶手是一个装有机械手臂的独臂人。在和独臂人打斗后，独臂人逃离了，而主人公被警察带走了。

警察怀疑主人公为了骗取高额的保险赔付而杀死了妻子，并且现场的所有证据都指向了主人公是杀妻凶手，最终百口难辩的主人公被判处死刑立即执行。

在押送囚犯至监狱的途中，囚车发生意外翻车了，主人公从此踏上亡命天涯的道路。在亡命天涯的过程中，他不单没有逃离，反而悄悄潜回城市，试图从医院的档案里寻找那个真凶独臂人的下落。

剧情精彩纷呈，主人公一方面是逃脱的死刑犯，需要时时刻刻面对警方的全力缉拿，另一方面还要自己调查杀妻案件，缉拿真凶。

整部影片中主人公“去做什么”？那就是避开警方的追捕，寻找真凶。

那么人物是什么性格？人物的成长环境怎样？有什么样的人物回顾的主人公会选择“去做什么”呢？答案居然是：一切。

这是个被动动作，头脑正常的人都会这样做。

明明是被冤枉，被误认为杀妻，而且被判处死刑立即执行，这个时候一旦出现可以逃跑的机会，那么头脑正常的人都会选择抓住最后一线生机，抓住最后活命的机会逃跑。

当人物只剩下一条路可走的时候，人物是可以做出动作的，是可以上天入地、翻江倒海的，问题是无法看到鲜明的个性，因为人物走上这条路是唯一的没有其他选择的必然结果。

"因为这个人物过于忙碌地对于事件和他的环境做出反应，以致我们没有机会去更多地了解他本人。"①

如果我们把《亡命天涯》的人物设定稍做修改，即给主人公设定相当的前史，就能让观众搞清楚主人公为什么要这么做。

如果主人公被冤枉，但是只被判 10 年徒刑，那么主人公是否会就此亡命天涯，就要打上一个大大的问号了。

也许在囚车翻车的情况下，有很多人都会选择老老实实等着警察把他投入监狱，而不会选择逃跑，毕竟虽然是被冤枉的，但是只有 10 年时间的牢狱之灾，熬到 10 年后出狱，再寻找真凶为自己辩白翻案才是比较稳妥的选择。如果这个时候选择逃跑，结果可能就是被追捕自己的警察直接开枪击毙。

然而在这种有不少人或许会选择不逃跑的情况下，主人公如果仍然选择逃跑，去寻找真凶为自己辩白翻案，那么我们就要探究，是什么样的家庭、什么样的成长环境导致主人公做出了这个非同寻常的选择。

我想如果主人公出生在一个警察家庭，父亲是英勇的抓坏人的警察，从小最崇拜的就是父亲。然而在主人公 10 岁生日那天，父亲被贪腐的同事冤枉入狱，并且就此死在狱中，过 10 岁生日的孩子再也等不来英雄父亲回家。

---

① ［美］悉德·菲尔德：《电影剧作者疑难问题解决指南》，钟大丰、鲍玉珩译，中国电影出版社 2002 年 6 月第 1 版，第 79 页。

如果给人物设定了这样的成长环境和人物回顾的话，观众就会相信，这个孩子长大以后会选择在那个时刻，不顾一切地逃跑，从此亡命天涯。

对于普通人来说，相比于可能被射杀，10 年牢狱之灾还是可以忍受的，但是对于有这个成长环境的人来说，冤坐一天的大牢也决不可忍受，父亲冤死大牢永远是他心头的那根刺。

这就是个性，这样写出的人物就是有血有肉有成长环境的活生生的人。

而电影《亡命天涯》里，主人公面对的是死刑并立即执行，那么人物已经别无选择，是个人都会逃跑，这反而让我们避开了塑造人物性格，避开了塑造人物成长环境的机会，这样的人物性格必然是单薄的、扁平的、苍白无力的。

所以同样是故事核里的“谁去做什么”，谁主动去做什么和谁被动地不得不去做什么，是有重大区别的。前者的“谁”往往是有血有肉有人物性格的，后者的“谁”往往是被环境所左右，不能表现鲜活的人物性格的。

“很多新手或者没有经验的剧作者总是让主人公在遇到什么事情时，对于他们自己的环境做出反动作……你的人物必须采取的是动作，而不是反动作。”①

所以编剧在创作的时候，不单单要设计精彩的有极度反差的故事核，而且要让人物的“去做什么”是人物主动动作的结果，这才是兼顾精彩和人物性格的不二法门。

2. 给予人物主动选择的机会

剧本中，人物的主动动作才会产生人物性格，人物被动地对环境做出反

---

① ［美］悉德·菲尔德:《电影剧本写作基础》，鲍玉珩、钟大丰译，中国电影出版社 2002 年 6 月第 1 版，第 157 页。

应只能构成故事剧情，但是没办法构成人物性格。

“人物的真相只有当一个人在压力之下做出选择时才能得到揭示——压力越大，揭示越深，该选择便越真实地表达了人物的本性。”①

那么怎么才能保证你的主人公始终是主动动作，而不是被动地做出反应呢？这里我想从创作者的角度提出一个想法，你要有意识地在最初的构思阶段就给予你的人物主动选择的机会，这是写出主动动作乃至写出精彩的人物性格的关键。

一个警长面对一群要毁掉小镇的匪徒而奋起反抗，这也许可以构成一部剧情跌宕起伏的电影，但是这里面是没有人物的。因为你想想看，作为小镇的警长，他本来的职责是不是就是保护小镇，奋起抵抗匪徒呢？

我们之前列举的例子，经典电影《正午》是怎么做的呢？

一个已经摘下警徽、卸下警长职务的警长，面对一群要毁掉小镇的匪徒，他奋起反抗。

请注意，这个故事核和上一个故事核相比只改动了一处，那就是警长从在任变成了卸任。其实对人物状态小小的改动，并不会影响之后的大部分剧情，这位警长该枪战枪战，该受伤受伤，该如何如何。

但正是这一处小小的改动，把主人公的被动行为改成了主动行动，给予了主人公选择的权利。《正午》中的男主人公完全可以离开，不去和这些匪徒正面冲突，这些匪徒并不知道他今天离职，更为重要的是今天还是他和未婚妻结婚的日子，未婚妻是一个纯粹的和平主义者，决不希望丈夫打打杀杀，所以他才卸任了警长的职务。

---

①［美］罗伯特·麦基：《故事》，周铁东译，中国电影出版社 2001 年 8 月第 1 版，第 118 页。

似乎剧情不单没有围绕他会留下来奋战展开，反而都向着他完全可以合理合法合情地避开战斗发展。

后来的剧情是，他最初的选择是避免战斗，和妻子一起安全地离开，把小镇居民扔给匪徒。请注意，这完全是合情合法合理的，因为他已经卸任，而小镇是由副警长代理警长来保卫的。

在完全没有责任的情况下，在小镇人民冷漠和伪善的表现中，在离开小镇的最后一刻，男主人公最终选择了留下来，重新戴上警徽，为保卫小镇而和匪徒决战。

这个选择让我们一下子明白了主人公的人生信仰和人生价值观究竟是什么。他之前当警长并不是仅仅把警察当成一个养家糊口的职业，而是真正相信正义，相信秩序，相信这个小镇的安全是自己的人生信仰。所以他才在这个可以离开，独善其身的时刻，选择了留下来。

“压力之下的选择将会摘下人物塑造的面具，我们会窥探到他们的本性。”①

给予人物主动选择的机会，就会把人物的价值观展现出来，把人物的性格塑造出来。

“谁是你的主要人物？……他是做出决策的人。……他是出谋划策的人，采取行动的人，由他带头。”②

为什么很多电影剧本一写到警察，就是即将离职的警察、即将退休的警察，因为要给予他们主动选择的机会。

曾经大红大紫的《战狼 2》同样也是这个道理。写中国特种兵，编剧、导

---

① ［美］罗伯特・麦基：《故事》，周铁东译，中国电影出版社 2001 年 8 月第 1 版，第 120 页。

② ［美］悉德・菲尔德：《电影剧本写作基础》，钟大丰、鲍玉珩译，世界图书出版公司北京公司 2012 年 8 月第 1 版，第 35 页。

演选择的是刻画离职的特种兵，而不是在职的特种兵。

可能很多人都会认为，编剧、导演这么安排的好处是容易过审。对，离职的特种兵确实比在职的特种兵手脚放得更开一些，限制更少一些，也有利于过审，但是还有一个更重要的原因，就是给予人物选择的权利，给予人物主动动作的可能。

如果是在职的特种兵，那么他去营救人质只是奉命行事的职务行为，军令如山，主人公有机会自己选择吗？没有。这样就没有机会展现人物的性格。

在写作过程中，我一般愿意写警察、记者、特种兵、特工这些职业，因为这些职业性质比较特殊，而且这些职业往往伴随着危险，所以更加紧张、刺激，适合剧本的题材。

但是，我总是喜欢写已经退休的警察、已经被吊销执照的记者、已经离职的特种兵、已经失忆的特工，我非常不愿意把他们所经历的风险变成他们的职务行为，而倾向于把他们所经历的风险归为他们的个性，所以他们做出了主动的选择。

时刻牢记给予人物主动选择的机会，不要让人物的动作成为职务行为，那样你的人物注定将是平面的，而不是立体的。

在这些年的国产电影当中，我始终觉得《集结号》在人物写作上完成得非常好，因为它给予了每个人主动选择的机会。

《集结号》整个剧情的开场，我觉得是十分老套的，充斥着中国20世纪50—60年代战争电影的模式化气息。

一个犯了错误的连长得到一个立功赎罪的机会，带着他残存的一个连的士兵去守卫一个阵地，“以集结号为令，随时准备撤退”，团长说：“听不见号声，你就是打剩下一个人，也得给我接着打下去。”

看到这个剧情我当时是非常失望的，因为它直接把人物自己选择的机会给剥夺了。这还是一个军令的问题，就算他们最后全部英勇牺牲了，也是团长的命令，听不到集结号就撤退，这是开小差的行为。而听到集结号撤退，这也是上级的命令，这个时候不撤退就是抗命。

看到这个设定，我原本觉得这部电影也就是看一个热闹，不能指望人物写得有多好，没有给人选择的机会啊！

但是之后的一个情节设置得非常巧妙，直接让所有人都面临自己的选择。

当战斗打到最最激烈的时候，战场上只剩下十几个人，而连长谷子地的耳朵被大炮震聋了。这个时候有人说听到了集结号，上级命令撤退，有人说没听见，众说纷纭。

谷子地说："我没听见吹号……听见号的都可以走，我不拦着。我没听见，我留下。"

这句话给了每一个人选择的权利，战场上的最高指挥员放权了，这个时候你选择什么就会决定你是什么性格、什么价值观、什么世界观的人。

那么战场上到底有没有吹响过集结号呢？实际上后面的剧情有交代，从来没有吹响过。

这里有两条路可以选择：第一条路就是撒谎，但是可以活命；第二条路就是说真话，但是很可能会战死沙场。

这个时候好几个人都选择撒谎活命这条路，尽管他们之前都是英勇作战的战斗英雄，但是不管之前怎么英勇，这一刻的选择让我们明白，他们之前只是因为上级的命令不得不英勇，当他们有机会选择的时候，他们就不是英雄，只是想着活命的一群普通人。

其中有一个人，戴着厚厚的眼镜片的王金存选择说真话战死沙场这条路。而开场的时候，王金存是个因为上战场尿裤子而要被枪毙的逃兵。

在这一刻，在这个可以选择的时候，王金存这个知识分子却展现出异常的节操，可以死但是不能撒谎，一是一，二是二。尽管第一次上战场尿了裤子，也许是因为第一次上战场本能地害怕，但是知识分子有自己的操守和世界观，这足以支撑他的选择。

谷子地的一句话，让所有人都有了选择的机会。而在这个撒谎还是说真话的选择中，每一个人都把自己的性格、价值观展露了出来，堪称一个完美剧本的典范。

我相信编剧在写作《集结号》的时候，非常清楚最终这些人会做什么样的选择。然后他有意让选择活命的那些人在之前的战斗中如何英勇，而让最后选择拒绝撒谎，真正内心高贵的英雄王金存开场的时候是个尿裤子的逃兵。这种写法正是前文提到的人物曲线的写法。

先设定好你的人物选择的结果，选择了什么结果就代表了他是什么性格的人，再从这个性格的反面去设置人物的开场，这是完成完美的人物曲线的方法。

3. 根据人物背景，给人物最艰难的选择的机会

在上文中，我着力强调了人物主动动作的重要性，并说明要给予人物选择的机会，这样才能通过人物所做的选择，把人物的性格展现出来。

实际上在写作过程中，我经常采用的方法是：不单单给予人物选择的机会，而是给予人物最艰难的选择的机会。

最艰难的选择的机会是指什么呢？

如果我设定的人物面临的选择是：英雄还是懦夫？当面临这个考验的时候，我要之前就把人物塑造成一个大尿包。让大尿包去选择做英雄还是做懦夫，特别刺激，特别能抓人，特别能反映人性。

我的作品《7 把枪》就是这样一个思路。既然我接到的写作任务就是写一

帮真正的独自走上战场面对千军万马的大英雄，那么我铺垫的都是一些“投降大王”“逃跑大王”、老兵油子、超级滑头的墙头草。我给予这些人物最艰难的选择，让他们在最艰难的选择里最终展现自己的个性。

我对这种伴随着人物选择以及人物成长的写作模式是如此的钟情和迷恋，以至于我现在只要是创作写实作品，只要以塑造人物性格为目的，我都必须要求我的主人公是有选择、有人物成长的。

有时候，我也从事一些剧本专家评审的工作。当看到人物形象呆板单一、立不起来的时候，我的第一反应就是人物的成长曲线是缺失的，人物在剧中是缺乏选择的。用这个规律来检验剧本的好坏，尤其是一些新手写作的剧本的好坏，几乎是万试万灵的。这是新手最不容易掌握的技巧，也恰恰是掌握了以后让剧本脱胎换骨的关键。

如果我设定的人物面临的选择是：生命还是金钱？当面临这个考验的时候，我要之前就把人物塑造成一个冷血无情、只爱钱的商人。让铜臭十足的商人去选择生活还是金钱的时候，特别刺激，特别能抓人，特别能反映人性。

曾在电影市场上火爆了一把，创下票房纪录的电影《我不是药神》，就是让人物面临这样的选择。

《我不是药神》的最后，徐峥饰演的主人公真的成了救世主，成了那些病人的活菩萨。那么我们让什么样的人来面对“生命还是金钱”的选择呢？影片开场的时候，徐峥是一个“威尼斯商人”，简直就是一个只谈钱不谈情、六亲不认的吸血鬼。完美地给予了人物最大的选择，也塑造出了完美的人物曲线。

再举一个例子，著名的经典电影《辛德勒的名单》。这部取材于真人真事的电影，从一开始就是要写这样一个德国人，他是那些要被屠杀的犹太人的活菩萨，用一己之力拯救了上千人。

从哪里开始写这个活菩萨、救世主呢？让什么样的人去做“生命还是金钱”的选择呢？影片开场的时候，辛德勒就是一个浑身充满铜臭味的商人，为了赚钱，频频与德军高层把酒言欢，营造了足够深的关系和背景，开始使用最廉价的劳动力——犹太人为自己工作，一门心思就是捞钱，捞到尽量多的钱。

更有意思的是，在影片开场后不久，这个曾经不名一文的穷小子靠着压榨犹太人的廉价劳动力发财之后，还恬不知耻地告诉女友，自己成功的秘诀就是“战争”。完全是一个金钱至上，根本不把生命当回事的吸血鬼的形象。

让这样的人面临生命和金钱二选一的抉择，最终他居然选择了即使自己破产也要拯救这些犹太人。这部作品通过这个选择，把辛德勒人性中的善刻画得淋漓尽致。

要想让人物的选择变得最艰难，就在开场给人物最不屑的东西让他去选择，这样往往能最大限度地反映出人性。

六、人物认同

让观众对你的主人公产生认同感，这对于编剧来说是事半功倍的窍门。

如果能够早早地将观众代入你的主人公当中，让观众和主人公一起哭一起笑，主人公碰到困难的时候观众紧张不安，主人公获得成功的时候观众舒畅开心，这一定是编剧的巨大成功。

“不管主角是谁，主角干了什么，你都必须花时间以一种能让观众认同的方式去架构主角的情境。”①

而且这种认同一定是越早越好。“编剧必须注意要在一开始就让观众与主

---

① ［美］布莱克·斯奈德：《救猫咪》，王旭锋译，浙江大学出版社 2011 年 1 月第 1 版，第 97 页。

角的困境‘同步’。”①

那么到底怎么写才能最有效地让观众对你的人物产生认同感呢？我在任何一本编剧理论书中都没有看到过正确的论述，然而在编剧实践中，在高水平的剧作家间，这几乎已经算是一种共识。

让观众认同你的主人公最有效的方式：**主人公被狠狠地欺负，被羞辱。**

主人公被欺负得越狠，被羞辱得越难堪，观众对他的代入感、认同感就会越强。其实我并不清楚这是一种什么样的复杂的心理机制在起作用，这是人性的优点还是弱点。反正结论是很明确的，让你的主人公被欺负、被羞辱，你的人物就会获得认同感。欺负、羞辱越狠，人物越惨，认同感越强，观众就越期盼主人公快点翻身。

“人物的某些东西能够拨动观众的心弦。在那一认同感的瞬间，观众突然本能地希望主人公得到他所欲求的一切。”②

有主人公遭到羞辱或者欺负情节的剧本数不胜数，这里随便举一个例子。电影《少林足球》就是使用主人公被羞辱、被欺负写法的典范。

周星驰在电影中扮演一个少林武僧，绝技是大力金刚腿。其实如果剧本是如此设置人物的话，他的出场方式可以是各种各样的。也许有的编剧会选择天神下凡式的出场方式，一场足球比赛中，一个球飞向场外，场外的一个清洁工忽然从40米开外一脚洞穿球网，让众人目瞪口呆。

然而这种出场方式是没有办法获得人物认同感的，《少林足球》里的阿星（周星驰饰）是以形似乞丐，已经穷得在社会底层要饭的形象出场的。

---

① ［美］布莱克·斯奈德：《救猫咪》，王旭锋译，浙江大学出版社2011年1月第1版，第95页。

② ［美］罗伯特·麦基：《故事》，周铁东译，中国电影出版社2001年8月第1版，第166页。

然而这么惨还不够，拥有绝技大力金刚腿的阿星找到了会铁头功的大师兄，他俩为了填饱肚子，在酒吧里卖唱赚钱。卖唱的时候，醉酒的客人狠狠地打他们，对铁头功是专门打他的腿，对大力金刚腿是专门打他的头。两个人被醉酒的客人打得满头是包，但为了赚一点钱谁也不敢发作。

其实仔细想想，这些情节的设定是不符合逻辑的，从后面的剧情我们看到，阿星并没有因为残废或者什么原因失去了自己的绝技大力金刚腿，他仍旧是一脚可以把石头踢上天的那个武僧。他要想赚钱可以选择街头卖艺，不至于沦落到这个地步。然而在这里，编剧就是要让他被羞辱、被欺负，不按正常的逻辑来。

面对那些羞辱他、欺负他的酒吧客人，他绝对可以一脚一个踹飞，但是这样剧情就太平淡无奇了。

其实电影看到这里，观众非常希望阿星和他的师兄能翻身，而且对他们的代入感和认同感已经相当强了。

这个时候，编剧为他们找到了用少林功夫踢足球这条路。然后阿星把另外几个师兄弟都找来了，有沾衣十八跌神功，有金刚不坏体，有金刚掌，他们组成了一支足球队。

电影看到这里已经过了起码 1/3，编剧继续让他们被羞辱、被欺负。在和一支业余队比赛的时候，业余队踢不过，就用榔头、扳手把这 5 个少林武僧毒打了一顿，他们根本不还手。这还不够，编剧把被羞辱和被欺负的主人公的形象表现到了极致。

5 个少林武僧遭到毒打之后，对方还命令他们跪在地上。最后对方脱下内裤，强迫会铁头功的武僧队长套在头上。这对男人来说是最大的羞辱，却要让这个身怀绝技的少林武僧来承受。最终他忍痛跪在地上，把别人的内裤套在自己的头上。5 个少林武僧都伏地痛哭。

当年在电影院观看这部电影，看到这里的时候，我的胸膛里似乎有一腔热血，一种声音不停地在响，一种画面不停地在闪动。反击！反击！反击！如果这个时候大力金刚腿不一脚把敌人踹飞的话，我绝对要冲着银幕来一脚了！

当然也是从这里开始，5 个少林武僧复活了，他们把各自的绝技、做人的信心全部都找回来了。

近两个小时的剧本容量，至少用了 40 分钟让这群主人公受尽羞辱、受尽欺负，甚至把对男人的羞辱和欺负表现到了极致，比如跪在地上把人家的内裤套在头上。

整部电影的这部分剧情很难经得起逻辑的推敲，但是在人物被羞辱、被欺负，得到极度认同的基础上，观众已经完全跟着感情走，而根本想不到在电影院里推敲逻辑了。

最终这部电影大获成功，成为年度的票房冠军。在建立人物认同，塑造被羞辱、被欺负的人物的电影中，《少林足球》是做到极致的一部作品。

在创作实践中，除了要遵守让人物遭受羞辱和欺负这个建立人物认同的金科玉律之外，我还有一个重要的想法和大家分享。在让主人公被羞辱、被欺负的时候，要找到一个足够令人心酸、有力量的场面，把主人公的可怜传达给观众。

“只有那些突出的，而又起作用的场景才真会令人难忘。每一部好影片都有一个或两个场景观众始终记得的。”①

设置一个最心酸的场面。

《少林足球》里那个用内裤套头的场面，我觉得就是极度令人心酸的场

---

① ［美］悉德·菲尔德:《电影剧本写作基础》，鲍玉珩、钟大丰译，中国电影出版社 2002 年 6 月第 1 版，第 177 页。

面，达到了极好的效果。

这个场面会让主人公之前积累的全部的情绪、全部的痛苦、所有的不甘心，一起爆发出来。

在这里我想举另外一个例子，美剧《绝命毒师》的开场。

一个普通的中学化学老师，开场的时候被塑造得长相丑陋，事业极其失败。而同样从名牌大学化学系毕业的他的同学，已经是著名的生物制药公司的董事、科学家。性能力被妻子鄙视，儿子不喜欢尿包的他，他最崇拜的人是当警察的小舅子。在他的生日聚会上，警察小舅子倒成了众人瞩目的焦点。

把这个中年男人的惨状交代一通之后，编剧继续加码，展现了一个最令人心酸的场面。

在这位化学老师的课上，一个富二代搂着女朋友，遭到化学老师的斥责。富二代心不甘情不愿地回到自己的座位上，顺便把座椅拖得山响，以表达对化学老师的羞辱。

下一个场面是化学老师为了贴补家用，下班之后还要去洗车场做兼职赚钱。

当他正擦拭着一辆跑车的车轮时，忽然看到那个在上课的时候羞辱过他的富二代搂着女友走过来，原来他擦拭的跑车就是这个富二代的。这个时候，化学老师感觉受到巨大的羞辱，他把脸埋在跑车的车轮后面，不希望自己被这个富二代学生看到，以维护作为老师的最后一点儿尊严。

这个富二代学生不单看到了老师，还把女友拉过来，一起嘲笑了老师一番，然后开着跑车扬长而去，把灰头土脸的老师留在了后面吃汽车的尾气。

这个令人心酸的场面效果非常好，把一个中年男人被羞辱、被欺负的心酸表现到了极致。当然这是一种生活化的写实写法，即从生活当中截取一个小小的片段，让人对人物产生巨大的同情，乃至产生认同感。

之后这个化学老师知道自己得了癌症，开始制毒、贩毒，最后成了一代大毒枭。

从理性角度分析，对于制毒、贩毒的毒枭，观众为什么会认可他呢？他为什么可以做正面主人公？开场的时候建立人物认同起到了至关重要的作用。“编剧必须注意要在一开始就让观众与主角的困境‘同步’。”①

七、人物的温度

让主人公被羞辱、被欺负从来都是激发观众同情主人公、认同主人公的不二法门，这一点毫无疑问。但是有了这些，离观众真正完全认同主人公还有最后一步，还差临门一脚。

那就是给予你的人物温度。再加上被羞辱、被欺负，就会彻底将观众代入主人公和他一起哭，一起笑，一起坐剧情的过山车。

如何给予人物温度呢？这个时候，我们需要有一个“救猫咪”场面。也就是说，我们需要一个小小的场面、一个小小的细节去展现主人公内心的善良与温柔。

而且按照我多年的写作经验，这个小小的善良、小小的温柔的场面或细节，如果夹杂在被羞辱、被欺负的洪流当中，效果是最好的。

之前我们提到电影《亡命天涯》，主人公被冤枉杀妻，最终被法庭判处死刑并立即执行。当囚车意外翻车之后，他逃脱了，而且潜回了芝加哥，冒充医院的清洁工，到处寻找真正的凶手——那个独臂人的档案。这些都是主线情节

① ［美］布莱克·斯奈德：《救猫咪》，王旭锋译，浙江大学出版社2011年1月第1版，第95页。

里的内容。

然而当他穿着一身清洁工的制服，在医院里查找档案的时候，忽然一群满脸是血的病人被送进了医院，原来是发生了大车祸。他看到一个黑人孩子被医生误诊了，这个孩子会有生命危险。

于是他冒着巨大的风险，偷偷地看孩子的 X 光片，然后偷偷地改写误诊报告，把孩子送到正确的诊疗室，在这个过程中自己的身份差一点儿暴露。

这个救助黑人孩子的情节和他亡命天涯的主线情节没有任何逻辑上的关系，只是一个小小的插曲，一个小小的闲笔。之后，这个孩子再也没有在剧情中出现过。实际上删除这个闲笔毫不影响剧情的完整性，那么为什么编剧要在这里设置一个闲笔呢？为了展现人物的温度。

主人公在被欺负、被羞辱、被伤害到极点（被冤枉杀妻判处死刑并立即执行），在最紧张地为自己寻找证据翻案的时候，还不忘冒着巨大的风险救助一个被误诊的孩子。尤其主人公是一个中年白人男性，救助一个黑人孩子更加显示了人物身上的温度。这样的人物是会被观众认同的，这样的人物碰到障碍的时候，观众会在心里大喊：放他过去！

这个被救助的黑人孩子在整部影片中并没有任何作用，而且之后再也没有出场，但剧情借着别的医生之口将他获救的信息交代给了观众。这个信息点非常重要，大大有助于为主人公赢得观众的认同。

人物的温度，就是在人物遭受欺负、遭受羞辱、遭受伤害的时候，还不忘找一个场面和细节去展现他内心的温柔善良。大家要记住这个写作技巧。

美国经典电影《洛奇》也是使用这个技巧的典型案例。

《洛奇》的剧情前文已经有所介绍，主人公拳击手洛奇，这个人物一开始出现就是被羞辱的情节。洛奇在业余拳击台上拼死拼活打赢了比赛，老板给满脸是血的洛奇几十美元的报酬，还要扣掉储物箱使用费、淋浴费等杂七杂八的费用，简直就是羞辱性的报酬。

然后洛奇在生活中也极其失败，没有钱，没有爱人，也没有朋友，甚至连不良少女都不把他放在眼里，对他出言不逊，洛奇这个失败者被生活折磨得奄奄一息。等第二天早上再去拳击俱乐部时，他已经被拳击俱乐部扫地出门了。

把所有的被欺负、被羞辱、被伤害完成之后，《洛奇》这部电影就完成了自己的“救猫咪”场面。

洛奇实在是生活没有着落，只好去替黑社会的混混收债。当他去找一个工人收债的时候，刚开始凶神恶煞一样，甚至威胁要揍这个工人，不给钱就打断他的手指。第一次看到这部电影的这个场面，我差点儿把刚刚对洛奇这个人物建立的认同直接替换成厌恶。然而剧情在这里悄悄来了转折，工人实在还不够钱，苦苦哀求，说愿意用外套抵债。洛奇动了怜悯之心，没有要他的外套，并最终放过了他。

人物的温度，这个小小的细节把这个失败的业余拳击手内心的善良和温柔悄然刻在观众的心上。这件外套、这个工人和后面的剧情毫无关系，看似闲笔，其实是让观众认同人物的关键一笔。这种场面、这种细节是值得编剧在剧本中花时间进行细腻展现的。

人物的温度长期以来在我的写作中是个盲点，最近这两三年我才清晰地认识到那个看似闲笔的必然性和重要性。这里我不得不说，在派乐传媒工作的时候，我和《武媚娘传奇》的编剧潘朴老师有过合作，是潘朴老师第一次向我提到人物的温度，告诉我写出人物的温度，人物才会惹人怜爱，才会让观众认同。

这个提醒直接让我补上了我写作中这个大大的盲点，让我开始重视起人物的温度来。这里要再次感谢潘朴老师对我的教诲。

八、人物塑造的分寸：主角和配角塑造不同的思路

之前我们花了很多篇幅，从各个角度详细论述了如何把你的人物写深写透，写得立体，写得有血有肉。

有了人物的前史，有了人物的回顾，有了人物成长的曲线，确实可以使得人物丰满而立体。善于给人物设置“救猫咪”场面，写出人物的温度，在让观众对人物建立认同方面效果卓著。

但是这里有一个非常重要的编剧窍门：所有这些方法都是用来塑造剧本的主人公的，在配角人物与反派人物身上则并不适用。

也就是说，我们之前提到的所有技巧都能把人物写深写立体，但是我们在塑造剧本的配角的时候，往往会刻意地不去把人物塑造得深刻、丰富、立体。**对于配角人物的塑造，我们应回避丰富和深刻，只追求简单和突出某一个特点。**

“对照或反衬人物塑造的深层的人物性格揭示，对主要人物而言是一条根本的原则。小角色也许需要也许不需要隐藏的层面，但是主要人物必须得到深刻的描写——他们的内心决不能和他们的表面一样。”①

把握好人物塑造的分寸，这已经不是初学者需要掌握的技巧，很多编剧老手都特别容易在这个技巧上面犯错误。

对于编剧初学者来说，人物的曲线、人物的选择、人物的回顾都不知道或者尚不会运用，根本写不出立体深刻的人物，那么也谈不上把握人物塑造的分寸，这样写出来的主角也是扁平的干巴巴的人物。

---

① ［美］罗伯特 · 麦基:《故事》，周铁东译，中国电影出版社 2001 年 8 月第 1 版，第 122 页。

但是当一些编剧老手已经很擅长几笔就能勾出一个有成长曲线的人物时，往往会产生一种错觉。

既然写这些方面人物就精彩而深刻，那么每一个人物都这么写自然会精彩丰富，让每一个人物都有血有肉，这样的剧本谁不爱？难道这样的剧本不是完美的剧本吗？

这个诱惑非常大。我曾经有一段时间痴迷其中，对自己剧本中的每一个角色都去挖掘人物内心或者人物背后的东西，没有意识到这是编剧老手常常会犯的错误。

因为这样，剧本的均衡性就彻底被打破了。

如果你的每个人物都丰满立体，都有成长经历，都有人物曲线，那么你的主人公很有可能就没办法突出，从而使观众在四五个有血有肉的人物的影响之下忽略掉主角。

因为主角在这些人物的簇拥之下，显示不出多么的突出和精彩。而当你的主角在故事中的力量不够的时候，就会发生非常奇怪的变化，让你的剧本不伦不类。即使你把很多篇幅仍然放在主角身上，他仍然是故事的深度参与者，但毫无疑问，在剧中出彩的让观众印象深刻的居然是主角身边的 3 个人物。

这个时候整个剧情都会陷入失衡的状态，这个时候观众也一定会无所适从。

“在一个故事中‘加码’是很容易的，但往往适得其反。你在次要人物身上花费了太多的时间，最后你就会脱离了你的主要人物……最后的结局也就乱七八糟。”①

---

①［美］悉德·菲尔德：《电影剧作者疑难问题解决指南》，钟大丰、鲍玉珩译，中国电影出版社 2002 年 6 月第 1 版，第 16 页。

举一个连我自己都觉得很丢脸的例子。

曾经有一段时间，我非常痴迷于把每一个人物都写深、写透、写立体，而那个时候我正好去影院观摩了电影《绣春刀》。

这是一部非常精彩的电影，剧本写得非常棒，给人的观影体验非常好。但是我一直对这部电影愤愤不平，始终觉得剧本还有非常精彩的情节、人物没有挖掘出来，编剧没有把人物写得立体和精彩，犯了绝大多数编剧都会犯的错误。

男二号叫靳一川，是一个明朝的锦衣卫。靳一川的师哥丁修经常来敲诈勒索他。在敲诈勒索的过程中，我们惊讶地发现，靳一川居然是一个假锦衣卫，他的真实身份是一个大盗，杀死了追捕自己的锦衣卫，穿上了飞鱼服，冒充锦衣卫一直生活到现在。丁修就是抓住了靳一川的这个把柄，屡屡要挟他。

一个大盗杀死了追捕自己的锦衣卫，却穿上锦衣卫的衣服冒充对方，而且已经做了多年的锦衣卫都没有被揭穿。他现在的身份、状态已经和一个真正锦衣卫一般无二，这个时候他的师哥掌握了这个秘密，开始对他进行敲诈。

这个情节可以说潜力无限，本身不单可以作为一个独立的电影情节存在，甚至以此为出发点完成一部 30 集的电视剧都完全有可能。

这个情节可发掘的部分实在是太多了。从内心的角度来说，这个人是不是厌倦了自己大盗的身份，现在已经认同自己是一个锦衣卫了？是不是需要师哥时时刻刻提醒他，别忘了自己是贼，还真把自己当锦衣卫了？从这里面我们似乎看到了《无间道》的影子。从外部的角度来说，这个人是不是已经娶妻生子，妻子、孩子都天然地认为他就是锦衣卫，从来没想过他其实是个大盗？如果这个身份被揭穿，妻子会怎么看这个丈夫，孩子会怎么看这个父亲？还有他的锦衣卫兄弟，如果知道了这个身份会怎么看？等等。

这个设定本身蕴含的信息量非常大，然而《绣春刀》这部电影却轻巧地把这些部分都略过了，一点儿也没去挖掘靳一川身上的这些戏剧性。

当时看完这部电影，我痛批电影放弃了一座金山没有去挖掘，认为编剧和导演就这样轻易地放过如此精彩的一个人物以及这个人物背后的剧情的力度和情感的力度，实在是创作者的一大“罪状”。

接下来起码有两三年时间，这一“罪状”一直都是我数落《绣春刀》剧本有问题的点。直到有一天，我自己醒悟了，我看到的这座金山，《绣春刀》的编剧和导演都看到了，而且一个字也没漏。人家完全明白这里面确实有很多戏剧性，但是人家并不打算挖掘这一座金山。因为靳一川是男二号，不是男一号。

剧情是围绕着男一号沈炼展开的。所以如果沈炼身上有金山可以挖掘，如果有可以把沈炼这个人物写得立体而深刻的技巧，编剧和导演都会不吝惜篇幅的。但是当男二号靳一川身上有一座金山的时候，是否挖掘就要慎重再慎重了。

因为他不是主角，故事的主线不在他身上。如果把靳一川的人物情感、人物成长都挖掘得非常细腻，主角沈炼就会被淹没，整部影片男一号、男二号的戏份和戏剧的力度一旦被彻底打破，整个剧情就会失衡。

“一个很棒的故事的形成，意味着要不停锤炼、敲打这个‘故事主干’，直到这个‘主干’光滑顺畅，没有多余的枝节……偏离主干道的诱惑往往很大，我们是编剧。”①

当我明白了一个剧本撰写人物需要均衡的时候，才忽然意识到之前我觉得应该把靳一川身上的戏剧性全部挖掘出来的想法是错误的，是一种强行把靳一川当成主人公去写作的思路。但是在《绣春刀》这部电影里，他是男二号，

---

① ［美］布莱克·斯奈德：《救猫咪Ⅲ》，韩程、李晋林译，浙江大学出版社2013年5月第1版，第69页。

他只需要合适的戏份和戏剧力度就行了，否则一旦喧宾夺主，主角就会被彻底掩盖。

想通了这个道理，我前几年对《绣春刀》电影剧本的批评和执念，彻底释然了。其实很多编剧初学者和新手之所以会经常狠批别人的剧本，就是因为他们往往只知其一，不知其二。

我曾经那么痴迷于把人物写深、写透、写立体，而且确实也掌握了不少写人物的方法，以至于一看到靳一川这个人物身上有戏剧性就立刻扑上去，觉得这里面埋着一座金山。

我从来没想到，为了保持剧本人物的均衡性，为了突出男一号，有些配角人物身上的金山是编剧和导演故意放弃不去挖掘的，或者即使挖掘也是非常有分寸的。

等我明白这个道理的时候，不禁对自己前几年的鄙陋哑然失笑。有的时候编剧上手对于下手确实很无奈，当下手无法掌握一些东西的时候，往往是极其固执的，上手教都教不会。下手还觉得，上手的决定是错误的，是不够精彩的。这是在编剧之间合作的时候屡屡发生的情况。

这里我总结出一个很重要的编剧原则：如果编剧之间合作的时候，双方的意见是相左的，而且完全无法统一，那么最终的决策应倾向于听从那个最有写作经验的人。也就是说，三个编剧合作时，如果无法统一意见，就无条件听从那个写出过最好的、最有分量作品的编剧的意见。

另外两个编剧不要有怨言，要无条件按照那个有经验的编剧的思路走，因为这个时候大概率就是下手无法理解上手的思路，毕竟下手有很多编剧技巧还没掌握。

后来我一直秉承这个原则，但是很多编剧都拒绝采用这个原则。很多编剧都很倔，都自视甚高，所以编剧合作分裂的情况很常见。

在这种情况下，编剧合作分裂对下手编剧是很不利的，意味着没有机会再向上手请教，这是非常可惜的。

九、单一主人公和多主人公

在一个剧本中，编剧一定要明确谁是主人公、谁是一号人物，给予人物的深度力度、给予人物的复杂程度乃至给予人物选择机会的篇幅都要做到均衡，均衡的意思并不是平均分配，而是浓墨重彩地把主要戏份和大量篇幅交给主人公，其他人物注意不要喧宾夺主。

“一旦你同时操作两条视觉动作线，他就会削弱故事的锋芒。记住把重点集中在主要人物身上。如果没这样做……你就应该去掉几个次要人物，而把注意力集中在主要人物身上。……当你写电影剧本的时候，要狠心一些……即使有时你觉得你正在把自己所写的最好的东西砍掉。”①

这点我们在上一章节已经详细论述，但是这里还有另一种情况需要特别注意。

一般在塑造剧本人物的时候，突出主人公，避免平均使用力量，这个思路是绝对正确的。但是还有一类剧本本身设置的就是多主人公，即从一开始就采用群戏的思路，这和设置单一主人公的情况很不相同。

如果从一开始就本着这个剧本是多主人公去写作，那么只突出主人公的思路就无法匹配全剧的追求，这时需要把篇幅相对均匀地分到几个主人公的身上。

---

① ［美］悉德·菲尔德：《电影剧作者疑难问题解决指南》，钟大丰、鲍玉珩译，中国电影出版社 2002 年 6 月第 1 版，第 41 页。

明显带有群戏色彩的剧本,《十月围城》就是一个典型的例子。我自己撰写的《7 把枪》也是一个特别典型的例子。

这类比较特殊的情况，在写作人物的要求上和单一主人公大致相似。在设置人物性格、设置人物曲线、设置人物回顾等方面，都没有大的区别，但是多主人公的剧情有以下两个要特别注意的地方。

1. 多主人公最好有统一的目标

如果主人公不止一个，那么写作的时候最好把他们的人物需求统一起来，即让他们“去做什么”达到高度的统一。

“两个或两个以上人物构成一个复合主人公，必须达到两个条件：第一，群体中的所有个体必须志同道合，拥有同一欲望。第二，在为了满足这一欲望而进行的斗争中，他们必须同甘共苦……在一个复合主人公之内，动机、行为和结果都是共通的。”①

实际上电影剧本本身的篇幅是极其有限的，一个中文剧本以两三万字为最佳，如果超过三万五千字则篇幅明显偏大，而如果不是名家则超过四万字的剧本是不可想象的。

本身剧本容量有限，你又要写多个主人公，这从写作角度来说已经不符合电影剧本集中的要求，已经是非常艰巨的任务，因而对编剧提出了极高的要求。这个时候“谁去做什么”中的“谁”已经由几个人物分享了。那么我的经验是“去做什么”一定要让他们统一，否则整个剧本就可能会彻底崩溃。

《十月围城》塑造的有血有肉的正面主人公，分别由王学圻、甄子丹、梁

---

① ［美］罗伯特·麦基:《故事》，周铁东译，中国电影出版社 2001 年 8 月第 1 版，第 160—161 页。

家辉、李宇春、巴特尔、谢霆锋和黎明饰演。对这些主人公都用了相当的篇幅去描写，每一个人都有人物前史、人物情感线索，甚至人物回顾。不管这些主人公有多么与众不同，他们都共同执行了一个目标任务——保护孙中山不被刺杀。

围绕着这个核心任务，每一个人物都可以花样翻新，但是整个剧本不会散架、不会崩溃，观众看起来仍然条理清晰。这个剧本就是塑造一群主人公，但是让主人公共同去完成一个目标任务的典型案例。

我在撰写《7把枪》剧本的时候，也采用了一模一样的方法。7个主人公各具特色，每个人都有自己的人物前史、自己的人物回顾，甚至人物动机。《7把枪》的情节我在前文已经介绍过，这里不再赘述。但是这7个人物变化再多，情况再复杂，在整个剧本里要完成的目标也是非常统一的。那就是在解放军的粮船过江之前，紧紧地守住村口的码头，一步也不能离开。让7个人共同去完成这个使命，整个剧本就会紧凑、统一。

2. 多主人公意味着对编剧塑造人物提出更高的要求

为什么多主人公的剧本在写作当中是比较罕见的？因为电影剧本本身要求凝练和集中，然而一开始你就打定主意写3个主人公或4个主人公，而且笔墨要平均分配，这就是在挑战凝练、集中的基本原则。

比如你原来塑造单一主人公有40场戏的篇幅去完成，那么现在塑造4个主人公则每个主人公只剩下10场戏的篇幅去完成。

这确实对编剧的写作水平提出了更高的要求。作为编剧，你能寥寥三四个场面用几笔勾勒出一个精彩的令人印象深刻的人物吗？

如果你有这个能力，才能尝试多主人公的写作，否则就是自己逼自己上刀山。别人用了40个场面才能把一个主人公的人物的回顾、人物的前史、人物的感情纠葛、人物的曲线前后呼应并写清晰，而你可能只有 10 个场面的篇幅，这就要写得更凝练、更集中、更简洁。因此没有相当高的编剧水平，确实应该谨慎尝试多主人公写作。

当然任何事情都有两面性，多主人公的群戏往往非常难写，对编剧来说是个大的挑战，正因为敢于尝试的人少，这一类剧本也非常罕见，所以一旦写出这样的剧本，就会受到极大的重视。

《7 把枪》剧本撰写完成交给制片公司之后，公司老总递交央视六套的领导审核，央视领导给予了极高的评价，最后投资拍摄成电影。在意见交流反馈中，公司老总转述了央视领导的话："这个剧本写的是群戏，非常难得有这样的剧本，群戏是这个剧本的一大亮点。"

有时候风险和机遇确实是成正比的，风险越大的时候，完成的可能性也许会越小，而一旦完成高回报的概率则越大，这一点是毫无疑问的。

十、人物塑造的要求应和类型相匹配

在创作中，编剧总是想方设法地把人物写扎实、写精彩、写立体，希望剧本中的每一个人物都面目清晰、形象活跃。

但是电影剧本的类型不同，对于人物塑造的要求也是截然不同的，这点编剧心里应该非常清楚。

有一些类型的电影，比如动作电影、灾难电影、喜剧电影、功夫电影和武侠电影，编剧虽然也一心追求对人物的塑造，但是人物的复杂程度、立体程度终究还是有限的。

而另一些类型的电影，比如人物传记电影、史诗电影、剧情电影、罪案电影、心理题材电影和现实主义题材电影，在人物塑造上对编剧的要求就比较高。

“动作片、探险片和滑稽剧要求剧中人物应具有简单性，因为复杂性将会把我们的注意力从惊险动作或滑稽笑料上分散开，而这些东西又是这些类型不可缺少的。”[①]

罗伯特·麦基的意思是人物复杂会影响到动作电影或者喜剧电影的观影效果。这一点我非常不同意，我觉得他弄错了因果关系。实际上，动作电影、喜剧电影、灾难电影等类型电影的剧本，本身留给编剧塑造复杂人物、立体人物的空间比较小，因此我们不得不降低对编剧塑造人物的要求，这不是因为编剧无能，而确实是受到电影类型的限制。

那么这类电影对人物塑造的立体程度、复杂程度的限制究竟在哪里呢？主要是电影的大量篇幅被非剧情性的奇观场面所占据。

在灾难电影里，你要写纽约被冰封，你要写洪水席卷喜马拉雅山，你要写洛杉矶大地震，你要写上海沉没，这些场面本身是灾难片给观众许下的观影承诺。那么其实在展现这些奇观场面的时候，人物发展的剧情是被暂停的，观众获得的是比较纯粹的视觉享受。直到一大段奇观场面结束之后，编剧才能继续人物塑造，继续发展人物情感乃至人物关系。

动作电影也是一样的情况，我们肯定要用相当的电影篇幅去写动作场面，比如飞车、追杀、高空伞降、人吊在直升机上。那么这些场面自然占据电影的篇幅，留给编剧塑造人物的篇幅则被大大缩小了。

功夫电影也是一个道理：你向观众许下了承诺，一定要给观众看功夫场面。那么当主人公打出醉拳、虎拳、蛇拳、少林拳和武当拳的时候，整个电影

---

① ［美］罗伯特·麦基:《故事》，周铁东译，中国电影出版社 2001 年 8 月第 1 版，第 125—126 页。

剧情暂停下来，观众要先欣赏一段奇观场面。这个时候的奇观场面表现为功夫场面（有人把功夫场面归于舞蹈场面）。

实际上不管是动作场面，还是功夫场面，抑或灾难场面，这些奇观场面本身都是可以脱离剧情单独存在的。也就是说，单单播放这些场面也是有观众群的。但这个时候，编剧塑造人物的权限就被大大缩小了。

同样是两个小时的电影，人物传记电影、心理题材电影、罪案电影给足了编剧篇幅，以便他可以把所有的力量都集中在人物塑造上。而灾难电影、动作电影、功夫电影看似两个小时，其实有一半时间要用来展现奇观场面，那么这些电影实际上只给予了编剧一半的篇幅。这样一来，人物塑造的精彩程度、立体程度就大不一样。

所以很多著名的灾难电影，比如《2012》《地球末日》等，留下的一般总是跌宕起伏的剧情、精彩的灾难场面，比较难以留下令人印象深刻的人物。像《007》《碟中谍》这种纯粹的动作电影也一样，人物相对来说建立得比较简单、不够立体，因为大量的篇幅被放在了动作场面上。

有些比较有追求的编剧、导演是不甘心把这类电影拍成场面为上的电影的，他们希望在灾难电影里也能塑造精彩的人物，而要想把这两个任务成功完成，电影往往是超长的，绝不会仅仅限定在两个小时之内。

《泰坦尼克号》可以说人物和奇观场面兼顾，都完成得非常精彩，然而时长则达到了 194 分钟，比一般电影的时间都长。

对于编剧来说，给予你实际的写作篇幅有多长，就是给予你的“子弹”有多少。强行要求在“子弹”稀少的情况下消灭超量敌人本身就是矛盾的。对于时长和篇幅是否敏感，这也是衡量一个编剧是否成熟的重要标准。编剧新手往往会出现一种情况，就是对于时长没有概念，似乎给予一个小时的篇幅和两个半小时的篇幅都一样。

我在影视编剧上的启蒙老师，卓越的艺术家张光照先生（曾经拿到蒙特利尔国际电影节影评人奖的资深导演、编剧）就对时长和篇幅极其敏感。记得在创作我的处女作《盖世武生》的时候，他就对于把篇幅限定在 90 分钟极其敏感。他反复强调，90 分钟的电影和 120 分钟的电影在故事情节、人物塑造上有很大的不同，这两者绝不可同日而语，这两者的差距也绝不可等闲视之。他甚至对于少了 30 分钟的篇幅有过吐槽，这也从侧面有力地反映了资深编剧、导演对于篇幅的重视程度。

如果你写的是罪案电影、人物传记电影、心理题材电影、现实题材电影，那么你就老老实实按照我之前讲的，把人物前史、人物回顾、人物曲线、人物选择一个一个地设定好。

如果你被要求写灾难电影、动作电影、喜剧电影、功夫电影，那么应对方法就是：把有限的篇幅集中在主角身上，力图塑造一两个精彩的人物。

《沉默的羔羊》可以把朱迪·福斯特饰演的警察、汉尼拔还有水牛比尔都塑造得有血有肉，一一挖掘出他们内心的隐秘和童年的创伤。但是你不能想象《2012》《流浪地球》也可以做到这样。在这些电影里能把主角塑造好、塑造立体就已经令人非常满意了，因为编剧面临的实际情况是不同的，编剧手里握有的“子弹”是有限的，把有限的“子弹”精准地打到主角身上才是正确的方式。

十一、主角塑造：多侧面，多层次

关于如何塑造一个深刻的、立体的、有血有肉的人物，之前我们从设置人物前史、设置人物回顾、让人物自由选择、建立人物认同等方面进行了论述。

在这里，我想从另一个角度进行论述。

立体的丰富的人物要从 3 个维度去构建。

这 3 个维度是外在社会层面、内在情感层面和个人内心层面。

“如何使你的人物在故事中既真实可信又是多侧面的呢？……将你的人物的生活分为 3 个基本组成部分：职业生活部分，个人生活部分，私生活部分。”①

也就是说，如果你想塑造一个复杂而立体的人物形象，这 3 个层面缺一不可。当然从 3 个层面来共同塑造人物，这种高规格的待遇，一般也只有剧本的一号主角才能够享受到。

1. 社会层面

指主人公的社会角色部分，说得简单一些，就是主人公的工作是什么？职业身份是什么？

这往往是塑造主人公首先要确定的部分，很多电影中人物“去做什么”的动机就在于主人公的职业。

在灾难电影里，主人公的职业经常是地质学家、生物学家、宇航员和抢险队队长，而他们被要求在这场灾难里第一个发现灾难的端倪或者冲在灾难的第一线。

在动作电影里，主人公的职业经常是警察、探长、FBI 探员、特工、情报联络官、谈判专家和记者等，这些职业直接让主人公面临和犯罪分子的对决或者和恐怖分子的对决。

---

① ［美］悉德·菲尔德：《电影剧本写作基础》，钟大丰、鲍玉珩译，世界图书出版公司北京公司 2012 年 8 月第 1 版，第 38—39 页。

2. 内在情感层面

指个人的情感关系，主人公的亲情、友情、爱情。

一般来说，主人公和妻子的关系如何，和女友的关系如何，乃至和前妻的关系如何，是结婚还是离婚，是同居还是分居，是甜蜜幸福还是同床异梦，是如胶似漆还是处于开放式婚姻，即夫妻二人各玩各的，这些都是人物非常重要的侧面。

人物和父母的关系如何，和孩子的关系如何，是和孩子关系紧张，孩子有心里话宁愿和后爸说也不愿意告诉自己的亲爸爸，还是和孩子关系亲密，孩子一刻也离不开爸爸，愿意天天黏着爸爸。这是亲情部分。

人物和朋友的关系如何，是有一大堆酒肉朋友，平常吃吃喝喝，关键时刻全部关机，还是只有一两个生死朋友，关键时刻确实可以两肋插刀。这是友情部分。

应该说个人的情感关系对丰富人物的塑造有决定性的作用。而且以我对剧本的理解，个人情感关系中的亲情、友情、爱情往往缺一不可，否则人物的立体程度、人物的丰满程度就会大打折扣。

3. 个人内心层面

指一个人的私生活部分。

当一个人独处的时候，他是什么状态？是整天祷告的真正虔诚的教徒，还是人前虔诚，人后赌博、吸毒，一门心思追求低级庸俗的假教徒。

所塑造的人物是每日独处时便读书吗？是读陀思妥耶夫斯基，读米兰·昆德拉，还是读《美国周刊》这类八卦杂志；是每日独处时便看电影吗？是一门心思看《卡萨布兰卡》《雨中曲》这些老电影，还是看变态杀人狂横行世界的电影。

所塑造的人物每天独处时是如何来缓解压力的？是听听音乐放松放松，还是去酒吧、迪厅"嗨"一下，顺便与人共度良宵；是一紧张起来就砸东西，暴力摩托飙车，还是把情绪全部隐藏起来，好像什么都没发生，但是晚上换上一身装束出去杀人泄愤。

个人私生活部分也是完成人物塑造非常重要的部分。

"那些能够提供给你的有关人物的内在情绪的东西——正是这些东西描绘了人物的完美丰富的画像。"①

十二、配角塑造：抓住一点不及其余

通常一个电影剧本只给编剧两三万字的篇幅，考虑到剧本中的人物塑造要达到均衡的效果，而且大量的篇幅要给予主角，因此配角的塑造和主角的塑造在要求上有所不同。

主角的要求是立体、深刻、精彩、有血有肉，配角的要求就是突出一个特色，抓住一点不及其余。

"给予每一个小角色一个令人耳目一新的特征……但是有这一个特征就足够了。"②

把配角身上的一个特征拎出来，在有限的篇幅里加以扩大，最好是一个场景、寥寥几句台词就能把这个配角人物的某个个性特征写得淋漓尽致，然后

---

① [美] 悉德·菲尔德:《电影剧作者疑难问题解决指南》，钟大丰、鲍玉珩译，中国电影出版社 2002 年 6 月第 1 版，第 101 页。

② [美] 罗伯特·麦基:《故事》，周铁东译，中国电影出版社 2001 年 8 月第 1 版，第 446 页。

这个配角人物的塑造就算完成了，再写下去就可能会影响到全剧的均衡性。

比如有一部电视剧《寻秦记》，这部由小说拍成的电视剧可以说是中国穿越剧的鼻祖。其中，有一个小小的反派人物令人印象深刻。

一个恶少和一群家丁一起踢足球，一个家丁比恶少踢得好，恶少一怒之下就要把这个家丁拖出去砍断双脚。家丁苦苦求饶，说他家中还有老母亲要奉养。

恶少说："为免你不孝，连你的高堂也活埋了。"

这句台词令人印象深刻，尽管已经过了10多年，我对那个小小的反派配角依然记忆犹新。编剧在这里就是突出一个"恶"字，把这个头顶长疮、脚底流脓的大恶人刻画得淋漓尽致。

我们经常说，没有人是天生的恶人，一个人做坏事往往有着充分的理由，经常要把自己恶的欲望打扮打扮，把自己说成是救世主。

这一条如果运用到反一号身上非常合适，一个深刻的、有成长经历的、有自己行为逻辑线索的大反派是剧本成功的关键。

但是如果是一个小小的反派配角，编剧正确的写作方法就是突出一个"恶"字，写出一个个性特征，不再写其他部分。这个地方编剧故意让人物脸谱化一点儿、单一一点儿，这不是编剧没有能力或者忘记挖掘人物的内心，而是考虑到剧本的整体性而对配角人物做了简化处理。

但是简化不是弱化，突出配角人物身上的一个个性，并让人记忆犹新，这个人物的塑造就算成功了。

再比如之前举过的例子电影《绣春刀》里的配角丁修这个人物。这个人物在剧本中连男四号都排不上，确实是一个标准的配角人物，但是他发现自己的师弟——一个大盗居然冒充锦衣卫生活了这么多年，因而其实他是相当有戏可写的，电影对他的刻画只突出一个"贪"字！

丁修是个赏金杀手，谁给钱替谁杀人，有人出钱买他师弟的一条命，他听完后的台词如下：

“这个人可是我的挚爱亲朋，手足兄弟呀，得加钱！”

一句话把丁修的贪婪乃至无耻写得淋漓尽致。如果深入挖掘这个人物，为什么他毫不犹豫地愿意杀师弟呢？是不是他和师弟的关系就像孙膑和庞涓的关系，是不是他对师父的偏心愤愤不平，是不是这里面充满了羡慕嫉妒恨，这些都是可以挖掘的，而且挖掘这些确实可以有效地丰富丁修这个人物，但是他只是剧本中一个小小的反派配角，编剧并不想从他身上挖出多少前史和内涵，对这个人物的处理只要突出一个“贪”字，让观众印象深刻就足够了。

十三、反派塑造

一个剧本的主人公，越细腻越好，越立体越好，人物形象越生动越好，这是毫无疑问的。有时候剧本就是人物塑造的艺术。

对配角人物要突出一点不及其余，以免占用太多的篇幅，从而喧宾夺主。

但是对于反一号的设定，我多年的经验是，介于配角和主角两者之间。因为反一号是一个相对模糊的角色，编剧在其设定上有着自由选择的机会。

实际上反一号的设定是非常重要的，因为他是主人公的对立面，只有这个对立面足够强大，才能让主人公的行为看上去更有意义。

“我们把能量注入故事的负面一方，不仅是为了使主人公和其他人物得到充分的展现与发展……而且还为了将故事本身带到主线的终点，带入一个辉煌而且令人满足的高潮。”①

---

① ［美］罗伯特·麦基：《故事》，周铁东译，中国电影出版社 2001 年 8 月第 1 版，第 372 页。

"关键在于主角和坏蛋是匹配的一对，技巧和力量方面应该差不多，但是坏蛋应该稍稍比主角强一点儿，因为他会不择手段地争取胜利。"①

那么反一号的塑造方法究竟有哪些呢？

1. 脸谱化

反一号是可以脸谱化的，塑造时只需抓住一点不及其余即可。比如突出他的恶，或者突出他的伪善，或者突出他的奸诈，抓住一个点彻底放大，人物的塑造就算是完成了。

在这个地方，反一号不需要人物成长经历，不需要人物曲线，不需要人物前史，不需要人物回顾，一个脸谱化的恶人可以理解为天生就是坏蛋。其实这么写反一号，就是把他当成工具来用，完成故事外加给主人公的压力。很多动作电影、灾难电影等把大量的篇幅放在奇观场面的电影，都会这么处理反一号。《泰坦尼克号》里的大反派、《2012》里的大反派、"007"系列电影里的大反派，往往就是用脸谱化的方法完成的。

2. 赋予反一号以成长经历和个性，让他也立体起来，变得有血有肉

其实反一号也值得花一点篇幅，写出人物的成长经历，甚至人物的成长轨迹，从而让人物立体起来。毕竟谁也不是天生的坏蛋，不是天生想当坏蛋。

这里有一点非常值得注意，用这种方法可以把反派人物塑造得立体，但是仅仅限于反一号人物。如果用在除了反一号以外的其他反派身上，剧本一定会最终失衡。

---

① ［美］布莱克·斯奈德：《救猫咪》，王旭锋译，浙江大学出版社 2011 年 1 月第 1 版，第 115 页。

比如电影《功夫熊猫 1》里面的反派一号太郎，就是有血有肉的、有成长经历的、立体的人物形象。

太郎是主人公阿宝的大师兄，是师父的第一个徒弟，也是师父最喜欢、最具备武术天赋的徒弟。他第一次面对木桩就能打得有模有样，长大以后又练就一身的好武艺，自然是师父的继承人。师父本身也愿意把自己的衣钵，乃至最高的荣誉“神龙大侠”授予这个最具天赋的徒弟。这一切原本是水到渠成的，然而太郎命中注定成不了“神龙大侠”。绝望中的太郎开始滥杀无辜，以武力夺取“神龙大侠”的卷轴，甚至向师父动手，最后被乌龟大师阻止。

电影不厌其烦地把太郎的来历交代给观众，配以好莱坞式的蒙太奇的一个又一个镜头。

把反一号的成长经历交代出来，甚至不单单是成长经历，连成长曲线也告诉了观众，这样就把人物塑造立体了。而且这种写法的另一大好处是完全遵守了一次设定的原则。既然《功夫熊猫 1》这部电影的设定就是功夫世界里谁是命定的“神龙大侠”，既然阿宝命中注定是“神龙大侠”，那么太郎就是那个想要成为“神龙大侠”但因得不到而发狂的反一号。

如果为这个反一号换一个设定，并不影响剧情发展。比如太郎和乌龟大师或者师父有门派之仇，这个设定本身在故事结构上也完全说得通。但是这样似乎使用了二次设定，把观众的注意力转移到门派之间的恩怨上，从而偏离了《功夫熊猫 1》里关于阿宝成长的主要剧情。

电影中对太郎的设定是和男一号阿宝师出同门，都希望成为“神龙大侠”。太郎和阿宝可以说是一个事物的两面，一个被权势、被野心迷惑了内心，一个内心充满了光明但是有一点儿怯懦。这里面其实用到了中国哲学的一个道理，即一阴一阳谓之道，阴阳相生相克，被道统一，而为其两面。

所以《功夫熊猫 1》这部电影里的反一号太郎的设定实在是大有学问。

赋予反派人物以正当的动机，往往会使反派人物的形象丰满起来。

一个剧本的故事核就是“谁（主人公）去做什么”，这个我们之前已经做了大量的解析。主人公为什么会有那个人物的目标？这是主人公的心理动机，肯定会在人物前史、人物回顾的场面里找到有力的证明，这个毫无疑问。

如果你不甘心你的反一号仅仅是一个脸谱化人物，而希望赋予反一号人物以立体感，并给反一号找到一个合适的心理动机，反一号则马上就显得丰满而立体。如果这个心理动机也貌似充满正义和正当性，那么效果有的时候会特别理想。

《勇闯夺命岛》就是典型的案例。

反一号汉默将军在夺取了恶魔岛监狱之后，把岛上几十个人当成人质扣押，然后架起了 15 枚毒气导弹对准人口最密集的地方，以此向美国政府勒索 1 亿美元。

如果让这个人物脸谱化，他就是一个贪婪的恐怖分子，且胆大妄为，不屑于做小案子，一门心思想从美国政府那里榨取足够的金钱。如果这样写，所有的故事都成立。然而这个故事的与众不同之处就是把反派人物塑造得有血有肉，非常丰满和立体。

汉默将军为什么要用毒气导弹来要挟美国政府？因为他是美国海军陆战队特种部队的指挥官。他手下的 83 名战士在战斗中丢了性命，但是美国政府并不承认曾经向战斗的地方派过部队，因此这 83 名为国捐躯的士兵得不到政府的承认。汉默将军为了这些战死沙场的战友能得到国葬而奋斗了一辈子，可是听到的都是政客的谎言。

于是汉默将军这次决定用毒气导弹来说话，逼迫政府给予他手下的 83 名牺牲的军人以合理的待遇。

整部电影的主体部分当然是主人公如何登岛、夺取毒气导弹、和汉默将军以及他的海军陆战队特种部队一战。

这部电影里的反一号汉默将军，动机非常光明正大，是为了军人的荣誉、战友的义气才有了这样离经叛道的行为。而他走到这一步也是被逼无奈的结果。

影片一开场，就是大雨中汉默将军在自己妻子的坟墓前献花，他说“一切我都试过了，但是没有用”，所以这次决定给他们点教训。他还告诉妻子，她活着的时候，他不能这么做。

这个反派人物重情重义，他对战友的爱、对妻子的爱都被刻画得淋漓尽致。

如果把反一号塑造得很好，除了能够丰富人物之外，有时候还能对剧本整体效果起到非常关键的作用。

比如当主人公要拆除毒气导弹和汉默将军要发射毒气导弹的动机都非常光明正大，观众其实对两人都报以极大同情的时候，发现电影在这一点上，已经超越了普通动作片的范畴。它不是简单的正邪对立、正反对决，似乎两个让观众都能认同的人物成了对立的双方。这部动作片的内涵呈现出一种悲剧的色彩，这种高度是普通动作电影难以企及的。

这种古希腊悲剧式的内涵让这部电影一跃成为美国动作电影里的经典作品。

应该说，这部作品的成功和它对反一号精彩的塑造有着密不可分的关系。所以当我们在构思剧本的时候，对反一号人物的塑造也非常值得重视和关注。

第四章

结　构

有了有力的故事核，搞清楚了“谁去做什么”，有了精彩的人物塑造，把人物和剧情组合在一起，就构成了剧本。组合人物和剧情的技巧便是编剧一定要掌握的结构技巧。

“结构是所有电影剧本的基础，是一个脊骨或骨架，它把所有的东西联接成为一个整体。”①

商业电影的剧本有一套非常精密的结构图式。据说好莱坞电影的标准剧本结构，对比如第 32 页上半页要出一个笑料这样的细节都规定得一清二楚。

我在做编剧的 10 多年里，始终觉得像这样规定剧本每一页必须做什么，只是对好莱坞体制僵化的调侃和嘲笑而已。

电影剧本的结构确实需要精巧的设计，但是绝不会规定得如此细致。如果真的规定得如此细致，那么编剧工作倒变得轻松自在了许多，只要按照一个统一的模板去制作就可以了。

实际情况远比这个要复杂很多，也丰富很多。

---

① ［美］悉德·菲尔德：《电影剧作者疑难问题解决指南》，钟大丰、鲍玉珩译，中国电影出版社 2002 年 6 月第 1 版，第 22 页。

一、结构的三重维度：主线、辅线、内线

在我看来，要想搞清楚剧本的结构，首先可以把整个剧本分成这三重维度来理解。

我在写作剧本或者观看电影的时候，实际上会自动把剧本结构归为主线、辅线和内线三重维度。

也就是说，我理解的电影剧本的结构外在总是有两条线索：一条线索是主线线索，一条线索是辅线线索。两条线索时而交叉、时而并行，各自起着不同的作用。但是主线也好，辅线也罢，都是剧本的外在线索。我始终认为，电影剧本的结构还必须有一条内在线索随着外在线索一起推进剧情的发展。

1. 主线：故事核的主体部分

整个剧本结构的核心部分就是这条主线，也就是你给自己的剧本设定的故事核“谁去做什么”。

当确定了人物要去做什么之后，就要让主人公奋勇向前。为了完成这个也许不可能完成的任务，无论碰到多少艰难险阻，主人公都要一一克服，坚持前行，这就是整个剧本的主线部分。

当然因为你设定的故事核是有巨大反差的，所以主人公完成这个目标的过程总是艰难的、痛苦的、跌宕起伏的。如果故事核不具备极度的反差，这条主线总是很难写得精彩。

主线部分的故事一般会对应主人公的社会身份（职业），这是最为常见的思路。

主人公是一个救援队长的话，主线索就是如何去拯救受困于灾难中的人群。

主人公是一个 FBI 探员的话，主线索就是如何去抓住那个连环变态杀手。

主人公是一个“情圣”的话，主线索就是他如何教别人去谈恋爱，抓住异性的心。

主人公是一个律师的话，主线索就是他如何帮助无辜的人脱罪，或者找出真正的凶手。

主线部分的故事一般和主人公的职业（社会身份）密切相关。

回顾我们看过的各式各样的商业电影，仔细想想主线部分的故事是不是和主人公的职业相关。

《虎胆龙威》里的约翰·麦卡伦是一个纽约的普通警察，要击败恐怖分子。

《钢铁侠》里的托尼·史塔克是一个军火制造商，穿着自己制作的超级盔甲去消灭恐怖分子。

《地球末日》里一群地球上最好的钻探工人，奉命去小行星上钻探一个足够深的地洞。

《洛奇》里的一个业余拳击手要打赢比赛。

可以说 90% 以上的电影剧本，都是顺着主人公的职业（社会身份）提炼出一个故事核乃至故事的主线的。

我写《梦寻——汤显祖传》的时候，汤显祖的主线故事当然是写《牡丹亭》。我写《盖世武生》的时候，以盖叫天为原型的武生主角的主线故事当然是演武戏打擂台比武。我写《7 把枪》的时候，革命干部民兵队长的主线故事当然是打土匪，保卫村庄。

2. 辅线：故事核的补充——情感线索

在主线之外，有一条辅线和它时而交叉、时而并行，作为对主线的补充和完善。有时候我们也常常把这个辅线故事称为 B 故事，这当然是针对主线故事作为 A 故事而言的。

“增加一个情节副线有时是个好办法，可有时又不是，这有赖于故事本身。我认识的很多作家都认为每个故事都需要一个情节副线。”①

在大部分情况下，这条辅线表现为主人公的情感故事，最常见的是表现为主人公身上发生的爱情故事。

“表中列出了两种动作：有形的动作和情绪性的动作。……大多数影片兼有两种动作。”②

如果说主线是有形的动作，那么辅线其实就是情绪性的动作。总体来说，辅线不像主线那么突出，也没有主线占据的篇幅那么大。但是它的作用是非常大的，如果缺少了辅助的情感线索，整个剧本就会变得干巴巴，完全失去情感的力量。这种情感的力量像一种润滑剂，将辅线和主线糅合在一起，让整个剧本既有紧张，又有感动，既有打打杀杀，又有卿卿我我。

“B 故事给了我们喘口气的时间。”③

比如《泰坦尼克号》就是典型的案例，将两条线索糅合在一起达到了完美的效果。

主线是船难，主人公需要在这场灾难当中逃生。辅线是爱情，一个穷小子和一个富家女跨越阶层的爱情不受祝福，只受阻挠。

---

① ［美］悉德·菲尔德：《电影剧作者疑难问题解决指南》，钟大丰、鲍玉珩译，中国电影出版社 2002 年 6 月第 1 版，第 129 页。

② ［美］悉德·菲尔德：《电影剧本写作基础》，钟大丰、鲍玉珩译，世界图书出版公司北京公司 2012 年 8 月第 1 版，第 25—26 页。

③ ［美］布莱克·斯奈德：《救猫咪》，王旭锋译，浙江大学出版社 2011 年 1 月第 1 版，第 65 页。

当船撞上冰山，所有人都从船舱向甲板上逃跑的时候，女主角却朝着被海水淹没的船舱内部跑，她要去拯救被绑在底舱的男主角。这个时候，两条线索完美地交织在一起。

在灾难的烘托下，男女主人公凄美的爱情动人心魄。这部电影长期以来被误认为是爱情电影，其实是典型的灾难电影（布莱克·斯奈德也分析过这部电影，并且和我有相同的理解）。它只是把灾难电影的主线和爱情故事的辅线结合得非常紧密、非常巧妙而已。

再比如《莎翁情史》，主线是莎士比亚如何写出了旷世之作《罗密欧与朱丽叶》。整部电影非常戏剧化地反映了莎士比亚从最初的构思到一点一点从生活中取材，到写出《罗密欧与朱丽叶》的全过程。那么辅线就是莎士比亚和那个贵族少女薇奥拉的爱情故事。两条线索在故事中时而并行，时而交叉。交叉的时候，薇奥拉女扮男装来做《罗密欧与朱丽叶》的男主角。而在和薇奥拉火热的爱情中，莎士比亚文思泉涌，写出了伟大的《罗密欧与朱丽叶》。

不管是主线还是辅线，都是整个电影剧本的外在线索。为什么已经有了一条主线，我们还需要一条情感的辅助线索？这是因为，两条线索并进能起到调节观众情绪的作用。

对于主线故事，我们附加在上面的往往是紧张，是悬疑，是命运的跌宕起伏，是和反派人物的决一死战。

从剧本的节奏来说，观众如果一直处于紧张、悬疑、不安、为人物命运担心的状态，没有时间喘息，情绪就很容易陷于崩溃。一张一弛、相得益彰，才是好的剧本应该有的故事节奏。

这个时候要安排一条辅线，这条辅线最好与主线的情绪调性形成对比，帮助观众舒缓情绪。

如果电影的主线故事是悬疑、紧张、生死攸关，那么电影的辅线故事最好就是浪漫、轻松，带点爱情意味，这里爱情故事可以说是最完美的主线补充剂。

因为大量篇幅都集中在主角身上，所以辅线就经常表现为主角的爱情故事。

比如电影《谍影重重 1》就是典型的案例。

杰森 · 伯恩（马特 · 戴蒙饰）被从地中海里打捞起来的时候，根本不知道自己是谁，是怎么掉入地中海的，他完全失忆了。但令人惊讶的是，他的身上被植入了一颗芯片，可见他的身份不一般。此时，唯一的身份线索是去瑞士银行打开一个保险柜。观众心里打下一个大大的问号，激发观众的观看欲。

随着这条线索的展开，杰森 · 伯恩无意间又展示了自己在搏击方面的能力，对于枪械的使用也是行家里手。这些身份信息在不经意间透露出来，让观众越来越想知道这个人究竟是谁。其实很多观众已经开始揣测，这个人是个特工或者杀手。那么更大的悬疑就来了，他怎么会掉入地中海并失忆呢？在这之前他究竟在执行什么任务？

直到他前往瑞士银行打开保险柜，里面的多张化名护照、多国钞票、手枪才表明了他的身份。

这里把悬疑、紧张、追问、身份之谜表现到了极致，而且已经播放了将近半个小时。这个时候观众需要休息一下，需要换换脑子，需要另一种调性的东西来调节一下。

于是杰森 · 伯恩遇到了一位漂亮姑娘玛丽。玛丽只是来美国大使馆办签证的，杰森 · 伯恩给了玛丽一万美元，让玛丽开车把他从苏黎世送到巴黎。

整个故事的主线——间谍悬疑追杀动作和辅线——爱情故事，便从这里开始交叉起来。

他们两人一会儿打打杀杀，一会儿又卿卿我我。直到到达巴黎的时候，杰森 · 伯恩的身份已越来越清楚，反派的追杀也越来越紧张，而他和玛丽的爱情故事也越来越接近高潮。直到影片的后半段，两人终于一起翻滚到床上，爱情线索相当完整。

这部电影作为谍战电影史上的经典之作，整个故事节奏把握得十分恰切。当然一定不能忽视这条爱情的辅线对主线起到的调节润滑作用。

为什么我专门列举了《谍影重重 1》呢?《谍影重重 1》是把悬疑动作片和辅线爱情故事缠绕在一起推进的。而在第一部大获成功后，就连续拍摄了《谍影重重 2》和《谍影重重 3》。后两部电影摒弃了爱情故事，走的完全是悬疑间谍动作路线。虽然剧情也非常精彩，但是整个剧情的节奏明显变得压抑沉闷，让观众始终没有时间喘息透气。在观看后两部的时候，观众的观影体验远远不如第一部来得舒服。尽管从悬疑谍战的角度来说，后两部的水平明显高于第一部，但是观众始终处于一个调性当中，这是编剧特别需要避免的一个问题。

辅线经常表现为主角的爱情故事，这是常识。但是如果电影剧本的主线本身就是主角的爱情故事，那么辅线经常呈现出什么情况呢？这是一个非常值得研究的话题。很多年轻的编剧在刚刚接触市场的时候，没有那么多机会写战争、写灾难，因为这类影片花钱太多，哪个投资方也不敢把它扔给一个编剧新手来做。

根据我的观察和体会，当剧本的主线本身就是爱情故事的时候，辅线故事的呈现有两种方法。

第一种方法就是抽离爱情故事，即写一个和爱情故事调性完全不一样的故事。

比如《我的野蛮女友》就是这个思路。

韩国电影《我的野蛮女友》是当年轰动一时的爱情电影，全剧以男女主角谈恋爱为主线。这条主线和以前各种爱情电影相比，并没有多少新意，偶遇—相识—争吵—折磨—相爱，无外乎这些桥段。不过这部电影的思路在当时相当有新意，采用了女方对男方的各种野蛮行为，如各种暴打、各种戏弄的方式来展现两人爱情的深入，这让人耳目一新。

这部作品的主线是爱情故事，而且带有轻喜剧色彩。那么配合主线调性的辅线故事就不能再使用主角的爱情故事。

辅线故事是一个逃兵在游乐场的鬼屋里绑架了男女主角。与其说是绑架，不如说这个逃兵是有心理障碍的自闭症患者，需要通过与人谈话聊天得到安慰。最终在逃兵哭得稀里哗啦的情况下，警察赶到解救了两人。

辅线故事写得很有分寸，尽管是逃兵绑架人质，但是地点被安排在游乐场的鬼屋，气氛比较轻松。尽量和全剧爱情轻喜剧的调性不要太过于对立，但是辅线故事又要做到在调性上配合主线故事，因此辅线故事脱离了一般的爱情轻喜剧的范畴，写了一个有心理障碍的男人的成长经历和内心痛苦。这一段情节为电影添加了一点点的社会写实色彩。

“主情节和次情节之间重心的平衡必须小心控制，不然，作者便有失去对主要故事的关注的危险。伏笔式次情节若误导观众混淆类型，则尤其危险。”①

正是这一点点溢出爱情喜剧范畴的社会写实色彩，更好地配合了主线的调性，让观众得到了良好的调整和休息。对于很多观众来说，看完这部电影可能早就把这条出场不多的辅助线索忘在了脑后。但是对于编剧来说，这简单的一笔却至关重要，这是中和、调整全剧调性的关键技巧。编剧要会调配全剧的色彩，喜太多了就加一点儿悲，悲太多了就让观众笑一笑，浪漫一下。

第二种方法是在辅线仍旧写一个爱情故事，但是这个爱情故事的调性、

① ［美］罗伯特·麦基：《故事》，周铁东译，中国电影出版社 2001 年 8 月第 1 版，第 267 页。

人物状态等一切的一切都要和主线的爱情故事区分开来，形成巨大的反差和不同。用这种方法也可以很好地舒缓观众的情绪。

电影《山楂树之恋》就采用了这种方法。全剧的主线当然是一个干净纯洁到极致的爱情故事。为了表现出这个爱情故事的纯洁性、精神化，这部电影甚至回避了男女主角的性爱成分。

但是很多人都会忽略这部爱情电影的辅线部分，即女主角静秋闺密的一场恋爱。

闺密的这场恋爱和静秋的恋爱呈现出完全不同的状态，这里有性爱、有怀孕、有流产、有怀疑、有背叛、有坏男人。这个爱情故事充满了肉欲和烟火气，和静秋那个纯精神的爱情故事形成鲜明的对比。

最令人印象深刻的对话发生在静秋和闺密之间，静秋觉得自己和老三之间的接吻，以及相依相偎已经越过了雷池。而在闺密看来，静秋和老三之间什么都没有发生。

两条爱情故事线索，一条是柏拉图式的纯粹精神之爱，另一条是充满欲望、身体的烟火之爱。用不同调性的故事线索相互穿插来调整观众的情绪，这是优秀的编剧应该掌握的剧本结构技巧。

3. 内线：人物内心的成长经历

主线和辅线的调性不同，且互为补充，这是整个电影剧本外在结构的标准形态。主线和辅线共同构成了人物的外在结构。那么要想让你的电影剧本更精彩、更出色，还需要有一个内在线索。

电影剧本的内在线索就是主人公的内心成长经历，即人物曲线。

“激励事件不仅激发出一个自觉的欲望，还会激发出一个不自觉的欲望。

这些复杂的人物忍受着激烈的内心斗争。”①

在“塑造人物”的章节我们已经详细介绍了什么是人物曲线，这里不再赘述。

从结构的角度来说，内在线索总是随着主线一起向前发展，一步一步接近高潮的。同时，内在线索（人物曲线）也一步一步接近完成。下面我们来看一个标准的商业电影范例《佐罗的面具》。

表 4–1 《佐罗的面具》的主线和内在线索

主线	内在线索
老佐罗重出江湖，准备复仇，收了阿莱桑德罗做徒弟	一个盗马贼阿莱桑德罗
阿莱桑德罗向老佐罗学习了高深的剑术	学习了剑术的盗马贼冒充佐罗
老佐罗教阿莱桑德罗学习绅士礼仪，让他冒充贵族去仇人那里做卧底	学习了绅士礼仪，学习如何做摘下面具的佐罗——一个贵族绅士
发现了仇人的大阴谋，准备击破这个阴谋	阿莱桑德罗意识到，仅仅拥有高明的剑术、马术还有冒充贵族惟妙惟肖根本做不了佐罗，佐罗的要义是为人民而战
击破仇人的阴谋，报仇成功	为人民而战

如果把《佐罗的面具》这部电影的主线和内在线索拎出来比较，就会发现，随着主线剧情“复仇情节”一步一步向前推进，主人公阿莱桑德罗越来越接近真正的佐罗，并从内心深处明白佐罗到底意味着什么。

整部电影既完整地写了新老两代佐罗报仇雪恨的故事，又细腻地写了阿莱桑德罗从一个盗马贼到一个合格的真正的佐罗的内心成长历程。

“你作为情节的作者，必须表现出情节发展过程中如何影响人物。你必须表现人物的缺点，揭示背叛行为，表现质疑，表现主角的恐惧，还有对主角的

---

① ［美］罗伯特·麦基:《故事》，周铁东译，中国电影出版社 2001 年 8 月第 1 版，第 225 页。

威胁。”①

我们之前提到的电影《谍影重重 1》也是如此。

它的外在线索是特工故事，内在线索是本来作为杀人工具的特工内在自我意识的逐步苏醒。最后他发现自己只是组织的棋子，便决定不再回归组织，而打算和组织为敌。一个由组织培养的杀人工具，一步一步开始学会同情，学会善良，学会爱一个人。

给你的剧本主人公设置一条内在线索，让内在线索和主线共同发展，在完成外在线索的同时完成人物内心的成长，完成人物曲线，这是写出好剧本的不二法门。

二、主线结构：四幕剧—四等分—四个世界

一般来说，一条主线、一条辅线和一条并行于主辅线的内线是一个电影剧本的基本结构模式。

那么这三条线索究竟是如何“装配”在一起的，如何并行发展的，分别应该大致占到整个电影剧本多大的比重，这就是我们接下来想要讨论的问题。

一个商业电影剧本确实应该像一台精密运转的机器那样，每一个齿轮都咬合在一起，每一个零件都不是多余的。齿轮与齿轮之间的咬合一旦出现偏差，就会导致整台机器崩溃甚至坍塌。

这一点毫无疑问，我们应该追求结构最完整、缜密度最高的剧本。

我在大学里教授剧本创作的时候，总有学生质疑，一个电影剧本是否需

① ［美］布莱克·斯奈德：《救猫咪》，王旭锋译，浙江大学出版社 2011 年 1 月第 1 版，第 116 页。

要规定几分钟应该干什么，几分钟应该有一个笑料，这是不是一种僵化的、工业生产化的剧本写作，这是不是一种匠气十足的写作方式，我们是不是应该摒弃这种做法。

把电影剧本的结构当成精密的机器结构，每一个齿轮的咬合都不能出现偏差，这确实是一种工业生产化的剧本写作，确实匠气十足，这一点毫无疑问，但我完全支持这个观点。但是我认为学习剧本写作不但不能摒弃它，反而要认真学习它。

首先你要学习如何去做一个好工匠，制作出匠气十足的产品，然后如果你愿意努力，也有天赋和机遇，你才能逐步摆脱匠气，写出富有个性和自我风格的作品。

经过反复地研究和打磨标准的剧本结构模式，我想提出四等分结构，即剧本四个世界的主张。尽管这只是无限加固工业产品化剧本结构的想法，但并不妨碍我写出了《7把枪》这样的作品。

《7把枪》是由群体主人公构成的，在写作中无法使用任何标准工业流程化的剧本结构，因此必须重新组织结构。但是如果你连标准流程的匠气十足的剧本结构都没有掌握，如何去创新呢？不认识旧，则绝对无以谈新。

我们当然不否认这个世界上有一些天才，没有掌握标准化的剧本结构，即一出手就是优秀的艺术作品。那是特例，是与生俱来的天赋使然。这样的天才是无所谓教育背景的，不需要严格训练也会是一代剧作大师。我们强调的是通过严格的训练，使一个天赋非常普通的人，也可以精熟地掌握编剧方法，成为一个合格乃至优秀的编剧。

说一句题外话，事实证明，我自己就天赋平平，是依靠后天的努力逐步掌握了编剧技巧，乃至写出了几部还算不错的作品。

我通常把整个电影剧本的主线结构四等分。这4个部分构成4个不同的世界，我的剧本主人公要在4个不同的世界里走一圈。

所谓四等分，意思就是一个电影剧本正好可以分为4个时间相等的部分。如果一部电影是120分钟，那么四等分就是每30分钟一个段落，分为4个段落。如果一部电影是100分钟，那么四等分就是每25分钟一个段落，分为4个段落。

每个段落在剧本中所承载的功能，所呈现的内容迥然不同。按照传统幕的说法，所谓的四等分就是四幕剧，这里我也沿用四幕剧这个说法。

第1幕：旧世界的平衡（铺垫）

第1幕与第2幕间的衔接点：惊爆点（催化剂）

第2幕：新世界的崩塌（“娱乐游戏”）

第2幕与第3幕间的衔接点：中间点，坏蛋逼近，赏金提高

第3幕：投入新世界的对抗

第3幕与第4幕间的衔接点：“一无所有”场面（回到旧世界甚至还不如旧世界）

第4幕：奋力打出一个真正的新世界（建立真正新世界的平衡）

这是我心目当中一个电影剧本主线部分的结构划分，接下来我逐一解释这个四幕剧结构的含义和组合在一起的意义。

1. 第1幕：旧世界的平衡（铺垫）

我们姑且把一部电影看成有100分钟的时长（这是我认为现阶段电影最合理的时长，太长观众坐不住，太短则观众不过瘾），那么第1幕也就是第1个25分钟应该包含哪些内容呢？

第 1 幕应该向观众介绍你的主人公所生活的旧世界。

“前 10 页及第 1 幕的剩余部分是电影的正题，这里我们看到冒险开始前的世界。”①

我们在介绍故事核的时候，反复强调过一部电影就是讲“谁去做什么”。在第 1 幕我们允许暂时不涉及“谁去做什么”，但是这时的任务是告诉观众你的主人公的所有信息。

“第 1 幕你应该设定观众需要知道的所有事情（比如人物前史，他的生活环境以及和他相关的人物）。每个场景都必须展示人物，推动故事，提供信息，建构情境，并表达你需要观众理解的观点。”②

商业电影介绍人物是有一套标准模板的，一般来说分成 3 个部分，这 3 个部分又正好对应人物的 3 个层次。

第 1 幕中人物介绍的第一个层次就是职业，即社会身份。

《洛奇》里史泰龙饰演的是拳击手洛奇，影片一开场的时候，洛奇在拳击台上打拳导致满脸鲜血。

《勇闯夺命岛》里尼古拉斯·凯奇饰演的是一个 FBI 的化学专家，影片一开场的时候，他在 FBI 的总部拆除了一枚即将引爆的毒气炸弹。

《永无止境》里的主人公是一个科幻小说作家，影片一开场的时候，他正坐在电脑前撰写他的科幻小说。

如果你的主人公是一个律师，那么开场介绍主人公的时候，就从法庭辩论开始；如果你的主人公是一个地质学家，就从野外勘探，收集矿石开始；如

---

① ［美］布莱克·斯奈德：《救猫咪》，王旭锋译，浙江大学出版社 2011 年 1 月第 1 版，第 62 页。

② ［美］维基·金：《21 天搞定电影剧本》，周舟译，北京联合出版公司 2015 年 6 月第 1 版，第 72 页。

果你的主人公是学生，就从课堂开始；如果你的主人公是老师，就从讲台开始。总之，人物介绍的第一个层次是职业。

第 1 幕中人物介绍的第二个层次就是个人情感部分，即亲情、爱情、友情的部分。

当洛奇打完拳之后，我们看到了他的个人生活的部分，他替黑社会的混混收债，他和一个患有自闭症的女孩谈恋爱。

当史丹利 · 古斯比从 FBI 下班以后，我们发现他有一个已经怀孕的女友。而女友笃信天主教，认为未婚先孕是大事，要求他们必须马上结婚，否则就会惹上大麻烦。

当《永无止境》的主人公放下笔的时候，我们发现他的同居女友向他提出了分手，因为两人之间的差距越来越大，同居女友的事业越来越成功，而他的科幻小说大作却迟迟写不出来。

也就是说，这部分肯定是抛开了职业，介绍主人公和他的妻子或者女友之间的关系是怎样的，和孩子之间的关系是怎样的，和朋友之间的关系是怎样的。

第 1 幕中人物介绍的第三个层次就是一个人独处的时候是什么状态。这个状态非常好地铺垫了一个人的生活状态。

主人公一个人待着的时候是像《特工佳丽》里的那个 FBI 的女探员，在家里吊一个沙袋，郁闷时就发泄，还是像《致命武器》里的警探，想了无数次的吞枪自杀，或者是像《洛奇》里的拳击手，在家里养鱼解闷。

我们一般用这三个层面来铺垫主人公，或者说铺垫主人公身处的旧世界。通过这三个层次的介绍，我们把暴风雨来临前的这个旧世界展现在观众面前。

铺垫阶段一共只有 25 分钟的时间，对于电影的编剧来说就像是戴着镣铐跳舞。所以铺垫阶段做到内容足够精练，浓缩是编剧非常重要的追求和应该掌握的技巧。

无数成功的商业电影，都在铺垫阶段用这 3 个层面来做人物和剧情的铺垫，这是已被事实证明的优良手法。

这里面还有两个非常重要的问题，也是编剧应该特别关注的问题。

在做这 3 项铺垫的时候，因为要展现的是旧世界，而且这个旧世界暂时是一个平衡的世界，并没有被后面的催化剂所改变，因此主人公要去做什么暂时还没有展开。

但是在铺垫人物的 3 个层面的时候，我们倾向于写出主人公生活中面临的问题，而不是写出主人公的生活是多么完善、多么完美。也就是说，把后面新世界冲突的种子事先埋在第 1 幕。

“剧本里有些场景必须写得直接些……如果剧作的最基本的种子种好了，在适当的时间和地点，就能使得叙事得到充分发展，并且开花结果。”①

比如写职业，我们喜欢写一个“写不出任何作品，已经江郎才尽的作家”，像《永无止境》里的那个科幻小说作家那样；我们喜欢写一个“刚刚被上司狠狠地批评，犯了错误害得同伴受伤的 FBI 女探员”，像《特工佳丽》里的那个女主角那样；我们喜欢写一个“已经被业余拳击俱乐部扫地出门的倒霉拳击手”，像《洛奇》里的拳击手那样。

在写职业的时候，我们倾向于铺垫一个在职业上一团乱麻的人，甚至主人公觉得自己就是选错了行当。如果一个人在职业上一帆风顺，一般来说在剧本里这个人物就无戏可写；而如果他的职业非常糟糕，则给后面人物转变、剧

---

① ［美］悉德·菲尔德：《电影剧作者疑难问题解决指南》，钟大丰、鲍玉珩译，中国电影出版社 2002 年 6 月第 1 版，第 258 页。

情转变留下了巨大的空间。

再比如在铺垫主人公个人情感部分，我们总是倾向于写出其个人情感糟糕的状态。

同居女友刚刚把钥匙还给你，向你提出分手，因为她的事业越来越成功，而你却一事无成。(《永无止境》)

带着孩子参加野营活动，一心想要和孩子亲近，可是孩子居然宁愿发消息给继父吐露心事，也不愿意告诉亲生父亲，这是一个父亲面临亲情时候的窘境。(《2012》)

和女友未婚先孕，但是女友是虔诚的天主教教徒，未婚先孕是一件羞耻的事情，面对女友的逼婚，主人公未必做好了结婚的打算。(《勇闯夺命岛》)

在写人物的个人情感时，我们倾向于写他们情感受挫。写他们情感糟糕，这比写他们的家庭幸福美满要常见得多。这种包含着问题的铺垫，为之后人物关系的转变，乃至进入一个新的世界，提供了良好的基础。

在写人物独处的时候，我们倾向于写他们糟糕的心态、痛苦的发泄。是不是人物独处的时候，一门心思想自杀，因为不堪内心的痛苦。(《致命武器》)

是不是人物独处的时候，感到无比的孤单寂寞，又因为犯了错误而深深地自责，不停打着沙包，最后把头埋在沙包里无声地啜泣。(《特工佳丽》)

是不是人物独处的时候，一个字都写不出来，只好玩篮球、吃比萨，就这样虚度了 3 个星期，看着电脑上的书稿还是只有一片空白。(《永无止境》)

人物独处的时候，有经验的出色的编剧会倾向于写他们内心的痛苦和发泄，以及他们对自我的否定。一个独处的时候轻松快乐、内心充满了愉悦的人，一般来说是不太适合作为主人公的。毕竟他身上缺乏转变的可能性，没法给后面的故事提供动力。

一般来说，只有在相对特殊的情况下才会铺垫幸福美满。比如铺垫一对夫妻幸福美满的婚姻生活，他们有着完美的爱情、完美的性生活。如果后面的剧情是妻子被谋杀，而爱她的丈夫被认为是凶手并被判处死刑，这个短暂的铺垫幸福美满就是必要的。(《亡命天涯》)

再比如完美的家庭生活，女儿和父亲之间难舍难弃，父亲把女儿宠成了小公主。如果后面的剧情是父亲离开女儿上了战场，进而失踪，小公主失去了父亲，也失去了经济来源，瞬间变成小仆人，十分凄惨，那么之前铺垫幸福美满也是合理的。(《小公主》)

综上所述，我们倾向于在铺垫的同时，把人物遇到的困境、问题、麻烦交代给观众，而不是写人物幸福美满的生活，这也是编剧最常用的法则。

写人物幸福美满的生活总是特殊情况，写人物痛苦不堪、一堆问题总是通常状态。

另外非常值得编剧注意的一点是，我们之前提到了主人公获取观众认同的问题，让主人公受欺负、被羞辱、被伤害往往是让观众认同主人公最好的捷径。

这个被欺负、被羞辱、被伤害的场景，最好是展示在旧世界的第 1 幕中。在这里，让你的人物狠狠地受到嘲笑、受到羞辱，让观众彻底地认同他。

我们之前提到的《少林足球》，5 个可怜人被羞辱、被欺负乃至最后队长被迫在脑袋上套上内裤，这些就发生在第 1 幕。

再比如《美国队长》，男主人公，一个瘦小干枯、入伍征兵体检被查出患有多种疾病，被美国五次拒绝入伍的可怜人，还曾经被人在街上欺凌，心中却充满了参军报国的理想。

这些人物遭受欺凌迅速让观众建立起对他们认同的场面，总是在第 1 幕旧世界的铺垫中，随着对主人公的交代一起出现的。

第 1 幕与第 2 幕间的衔接点：惊爆点（催化剂）（建立需求）。

第 1 幕花了 25 分钟向我们展示了主人公所生活的旧世界，这个旧世界在各个层面上都隐含着问题和矛盾。虽然主人公对自己的职业很不满意，觉得自己应该去做一个战士，但是现在却在做一个推销员。虽然主人公有一个名义上的妻子，但是她 4 年来从未回过家。虽然主人公有孩子，但是被孩子视为窝囊废。

虽然在第 1 幕的旧世界里，主人公身上可能有各种各样的问题，但那个世界仍旧是一个平衡的世界。主人公或者是根本无力去打破这个旧世界的平衡，或者是根本不打算打破这个旧世界的平衡。

这个时候编剧需要一个惊爆点，我们可以叫它剧情的催化剂。

一旦扔出惊爆点这个炸弹，整个旧世界脆弱的平衡就会瞬间被打破。电影剧本在惊爆点之后，就会进入第 2 幕，即摆脱了一个旧的世界，进入了一个新的世界。

对于这个打破平衡、引出新的世界的惊爆点，历代的编剧理论家都有精彩的论述，他们的表达各有不同，但是大致意思基本相同。

悉德·菲尔德把这个点叫作“情节点 1”。

“第 1 幕是动作的一个单元，其中故事的所有成分都必须要谨慎地，小心地融合和建置起来。在这个戏剧性动作的单元里面，所有的事变和事件都必须直接指向第一幕结尾处的情节点 1，它是你故事的真正的开始。”①

布莱克·斯奈德把这个点称为“催化剂”。

“在铺垫部分，你作为编剧告诉我们这个世界原先是什么样的，现在，在

---

① ［美］悉德·菲尔德：《电影剧作者疑难问题解决指南》，钟大丰、鲍玉珩译，中国电影出版社 2002 年 6 月第 1 版，第 94 页。

催化时刻，要把原先的世界粉碎。”①

罗伯特·麦基把这个点称为“激励事件”。

“激励事件必须彻底打破主人公生活中各种力量的平衡。”②

更为重要的是，当惊爆点过后，不仅主人公旧世界的平衡被打破，而且主人公会建立这个剧本想要追求的东西，即建立需求。

也就是说，当第 1 幕和第 2 幕间的衔接点出现的时候，我们不单单产生了幕与幕的转换，而且还让主人公建立起贯穿后面 3 幕的人物需求，整个剧本人物的内在驱动力就在这里建立起来。

“目睹激励事件的发生，能在观众的想象中投射出必备场景的形象。必备场景是一个观众知道在故事可以结束之前必须看到的事件。这个场景将会使主人公对抗其求索之路上最强大的敌对力量。”③

所以第 1 幕与第 2 幕间的衔接点这个惊爆点尤为重要，是编剧一定要精心设计的一个剧本节点。我在创作的过程中，有了故事核之后，第一个在大脑中建立的就是这个惊爆点。对我来说，如果不知道惊爆点在哪里，则根本谈不上构思好了一个故事。

“当我们看到了一个已经被业余拳击俱乐部扫地出门的倒霉蛋的倒霉生活的时候，这个倒霉蛋忽然获得了向世界最重量级拳王挑战的机会。”（《洛奇》）这个挑战的机会就是整个剧本的惊爆点，然后“洛奇决定接受挑战，给自己定下 15 个回合不被拳王击倒的目标”。这是人物建立了需求。

---

① ［美］布莱克·斯奈德：《救猫咪》，王旭锋译，浙江大学出版社 2011 年 1 月第 1 版，第 62 页。

② ［美］罗伯特·麦基：《故事》，周铁东译，中国电影出版社 2001 年 8 月第 1 版，第 222 页。

③ 同上书，第 232 页。

“当我们看到那个庸俗的物质女孩，一辈子只知道修身、漂亮的化妆品、名贵的衣服和幻想嫁入豪门的芭比娃娃，忽然这个芭比娃娃做出了一个决定，要去全美国最难、最枯燥、最需要头脑的哈佛大学法学院读书”（《律政俏佳人》），这个决定就是整个剧本的惊爆点，然后“她不单要去哈佛法学院读书，而且要做一个哈佛法学院合格的毕业生，乃至成为一名合格的女律师”。这是人物建立了需求。

“当一个江郎才尽，写不出一个字，同居女友还离他而去的倒霉科幻小说作者，忽然获得了一种药，吃了以后智商上千”（《永无止境》），获得了这种药物就是整个剧本的惊爆点，然后“他决定进入金融行业大展身手，决定促成能源企业历史上最强的一次并购，成为金融超级天才”。这是人物建立了需求。

我们还可以举出无数的案例，都是这样一个模式，在旧世界里写一个被社会、被家庭、被爱人抛弃的倒霉蛋，然后在第 1 幕和第 2 幕间的衔接点，通常是在剧本的 1/4 处产生一个惊爆点，然后主人公所生活的旧世界的平衡彻底被打破，主人公就此建立了人物需求，树立了人物目标，进而行动起来。

这里还有一个非常值得注意的要素，即很多惊爆点确实是出现在电影剧本的第 25 分钟，也就是 1/4 处。比如我们刚才提到的《洛奇》以及之前提到的《特工佳丽》《勇闯夺命岛》都是惊爆点随着第 1 幕的结尾，在第 1 幕和第 2 幕间的衔接点出现。虽然惊爆点出现的位置并非如此固定，有的时候是允许提前出现的。但是第 1 幕旧世界的坍塌，总归是在第 25 分钟的时候。有些剧本会把惊爆点提前，但是幕与幕的转换、旧世界与新世界的交替肯定是在 1/4 处。

比如《律政俏佳人》，大概在剧本的第 15 分钟就出现了惊爆点，主人公打算去哈佛大学读书。但是接下来 10 分钟没有展开去哈佛大学的旅程，而是借着主人公参加哈佛大学考试，努力完成哈佛大学入学论文的机会，向我们再次展现了旧世界。到第 25 分钟，第 1 幕与第 2 幕间的衔接点的时候，女主人公怀揣哈佛大学录取通知书正式住进哈佛大学宿舍，整个剧本才进入了第 2 幕。

再比如《永无止境》，也是大概在剧本第 15 分钟的时候就出现了惊爆点，主人公得到了神奇的药物。剧本花了 10 分钟时间告诉我们，吃了这片药忽然智商超过 1000。主人公得到这样 1 片药确实是整个剧本的惊爆点，但是旧世界的平衡并没有被打破。睡了一觉之后，主人公又变回了那个迟钝的江郎才尽的倒霉蛋。这个时候他去找自己的前小舅子，在前小舅子的尸体前发现了一大包药物。当这一大包神奇的药物进入他的腰包，整个剧本才进入了第 2 幕，新的世界才真正开启。

惊爆点可以是偶然事件，但人物建立需求必须是主动的。

大部分编剧理论书中一直都有一个误解，那就是惊爆点或者说催化剂或者说激励事件最好是主角主动为之。被动地偶然地被推入新世界似乎可以构成故事，但是对于塑造人物性格不利。毕竟主动动作才能构成人物性格，被动动作只能构成故事，这点我在“塑造人物”章节已经做了详细的论述。

“主角不能被诱入、骗入或者不知不觉地进入第 2 幕。主角必须自己做出决定。这使得他成为必然的主角——他积极主动。”[①]

但是有一个无法解决的问题，即大量影片的惊爆点都是偶然地被动地进入主人公的旧世界，然后彻底打破了旧世界的平衡。

如何理解这个问题呢？惊爆点到底是必须从主人公身上生发出来，还是允许是偶然事件？

---

① ［美］布莱克·斯奈德：《救猫咪》，王旭锋译，浙江大学出版社 2011 年 1 月第 1 版，第 64 页。

我的观点是，惊爆点构成的事件既可以是主动事件也可以是偶然事件，但是人物必须是主动建立需求的。这个时候，我们清晰地区分催化剂事件和人物需求的建立就变得非常有必要。

我们可以允许改变洛奇人生的是偶然事件。世界最重量级拳王阿波罗因为挑战者的缺失，居然突发奇想，要举办一场表演赛，随便找一个本地拳击手挑战自己，而这仅仅是为了完成商业赞助商的要求。这个事件对于洛奇来说是一个偶然事件，是洛奇无法控制的，我们承认这是被动的偶然的事件。

但是接下来面对这个事件的时候，洛奇做出了主动的选择，他不单决定参赛，而且给自己接下来的人生定了一个恐怖的目标：和世界最重量级拳王打15个回合不被击倒。这是完全主动的动作，是人物主动建立的需求，因而可以体现人物的性格。

在《律政俏佳人》里，女主角一门心思做一个胸大无脑的漂亮花瓶，嫁入豪门成为贵妇是她的人生目标。这是典型的第1幕对人物旧世界的铺垫和设定。而促使她改变的偶然事件是男朋友忽然大老远跑过来要求和她分手，因为他家想要一个贤内助式的妻子而不是电影明星，这样才能在政治斗争中取胜。

男友的分手要求对女主角打击甚大，这不是女主角自己的选择，而是偶然事件。然而女主角在这个改变平衡的催化剂事件之后，却定下了要“到哈佛大学读书”的人生目标。这个人物需求的建立是她主动做出的选择。

通过对自己写作实践的归纳总结和对大量影片的观察分析，我得出了一个结论：在影片第1幕与第2幕间的衔接点，需要一个惊爆点或者催化剂来把旧世界的平衡彻底击碎的时候，一个偶然的意外的事件进入主人公的旧世界，然后主人公毫不犹豫地主动建立了一个贯穿全剧的人物需求。这是最常见的写作思路。这样写丝毫不会影响到人物性格的塑造，反而会大大强化主人公性格的塑造。

2. 第 2 幕：新世界的崩塌（“娱乐游戏”）

经过催化剂事件，剧本来到了第 2 幕，也就是第 2 个 25 分钟，这是全剧本最核心、最关键的部分。

这时，主人公走入了一个对他来说全新的世界。刚刚踏入这个新的世界，主人公会有诸多的不适应，会有诸多的笑话，会和这个新世界产生诸多的冲突。这些都是编剧最着力要表现的部分，也都是全剧最具看点的部分。

“这就是发生在第 30 ~ 45 页之间的事：……当我们以老方法来应对新事件时，就会陷入矛盾。我们被迫以新的方法来应对，直到我们这样做了，我们才接受了这个矛盾。把这个矛盾展示给我们看。”①

我们之前一直强调，一个出色的剧本需要具备一个非常精彩的创意点，而这个创意点就是“谁”和“去做什么”之间巨大的反差。

“‘乐趣与游戏’就是你的‘创意推销’。”②

既然你在确立创意点的时候把“谁去做什么”的反差作为你全剧最大的卖点，也许你就是在 5 分钟的陈述中用这个创意点打动老板或者公司的艺术总监使其继续读你的剧本，乃至准备好合同和你签约的。那么你会在什么时候兑现这个反差所具备的戏剧性呢？第 2 幕。全剧的第 2 个 25 分钟，说得再明白一点儿，就是剧本的第 25 ~ 50 分钟，这是剧本的核心部分。布莱克·斯奈德喜欢把这个部分叫作“娱乐游戏”，我觉得非常准确而传神。这 25 分钟是你在海报（你的创意点最可能被写入海报）中向观众承诺的全剧最好玩的部分。

---

① ［美］维基·金：《21 天搞定电影剧本》，周舟译，北京联合出版公司 2015 年 6 月第 1 版，第 75 页。

② ［美］布莱克·斯奈德：《救猫咪Ⅲ》，韩程、李晋林译，浙江大学出版社 2013 年 5 月第 1 版，第 59 页。

你的主人公初次踏入一个新的世界的尴尬、搞笑、丢脸、冲突、灰头土脸，你要毫不吝惜笔墨地在你的剧本第 2 个 25 分钟内把这些都展现出来。

“娱乐游戏部分是剧本中提供‘大前提约定’的部分，这是电影海报中的核心本质部分。”①

《特工佳丽》的创意点是一个超级男人婆 FBI 探员到美国小姐选美会做卧底。第 2 幕的内容是什么？男人婆是怎么变成一个风情万种的美国小姐候选人的？影片在第 2 幕“娱乐游戏”部分不厌其烦地写了如何给她美颜和变装，变成大美女以后这个男人婆如何不适应、如何穿着高跟鞋跌倒、如何跟着一帮选美小姐跳舞，等等。第 2 幕把这个美国选美小姐的新世界和这个超级男人婆之间的所有冲突展现得淋漓尽致。

这就是“娱乐游戏”，你在确立创意点的时候向观众许下承诺，就要在这里兑现。

《律政俏佳人》的创意点是胸大无脑、肤浅庸俗，而且以肤浅庸俗为荣的金发美女，如果坚持上最令人烦闷、课业最重、最需要头脑的哈佛法学院会发生什么？第 2 幕的内容是什么？这个金发美女刚刚踏入哈佛法学院的大门，和这个新的世界产生了各种不协调。她居然带着一卡车的装饰品、化妆品进入宿舍，还带着心爱的狗，并当众给狗喝矿泉水。第一天来到学校，就引起了哈佛法学院学生的围观。接下来影片不厌其烦地写她第一次上课被老师赶出教室，第一次被老师提问，第一次在大学校园里参加派对出丑。无数个第一次，各种不适应，被排挤、被围观、被打压、被视为怪物，这就是把全剧所有的创意点都用足用透的第 2 幕。

---

① ［美］布莱克·斯奈德：《救猫咪》，王旭锋译，浙江大学出版社 2011 年 1 月第 1 版，第 65 页。

2019年奥斯卡奖获奖作品《绿皮书》的创意点是，一个底层的意大利裔美国白人，一个极端的种族主义者，为了赚钱被迫为一个优雅的黑人音乐家当司机、保镖。

第2幕的内容是什么？这个底层美国白人刚刚开上车和这个黑人踏上南方巡演之旅。影片不厌其烦地写这个美国白人踏入这个新的世界之后的各种不适应，以及与黑人雇主的冲突。他甚至一边开车一边吃炸鸡，吃完以后直接把鸡骨头从车窗扔了出去。而这种行为引起了黑人音乐家的强烈不满，并被斥责是没有教养的行为。

白人为了得到一个石头做的纪念品，居然顺手牵羊，被黑人音乐家大力阻止，喝令他一定要付钱，告诉他偷盗是极其有损名誉的。

两个人一路的冲突，一路的互相鄙视，优雅的黑人音乐家极度鄙视这个底层白人的邋里邋遢、小偷小摸等陋习。而在底层白人眼里，你再优雅再有知识，也只是一个被白人鄙视的黑人。

整个第2幕把白人与黑人之间的种族冲突和底层人士与大音乐家之间的阶层冲突展现得淋漓尽致。既然你的海报上的创意点和宣传语突出的是种族冲突和阶层冲突，那么你在第2幕就应该把它们做足。

由此可见，第2幕这25分钟，是全剧核心中的核心，是吸引观众的“娱乐游戏”。

在我的作品《7把枪》中，第2幕就把我的创意点展现得淋漓尽致。

《7把枪》的创意点是平常和村委书记花好稻好，积极努力干革命的村民，到土匪大敌压境时，人性的肮脏全部体现了出来。

《7把枪》的第2幕内容就是所有的人都变着法子、变着花样地找借口，不肯帮助主人公王洪合去打土匪。这简直就是一个软式耍赖皮的大全。有直接闭门不见，只让老婆来说话的；有作为旅店老板花式赶走王洪合的；有拿钱、拿衣服要王洪合化装逃跑的；有直接拿钱去贿赂土匪让土匪手下留情的。在这个生死关头，人性的自私丑恶都喷薄而出，根本没有人去真正帮助孤立无援的王洪合。

第 2 幕把你的创意点无限扩大，即在第 2 幕里把你的主人公进入新世界的不适应、闹的笑话、出的丑、翻的车全部摆在观众面前。这就是“娱乐游戏”的作用。

值得注意的一点是，第 2 幕是允许缺乏冲突或者说缺乏对抗的一幕。

也就是说，第 2 幕是把反差做到极致的一幕，第 2 幕是把主人公彻底和新世界不适应的那一面展现在观众面前的一幕。这一幕很有可能反派人物或者反派力量仅仅是隐藏力量，仅仅蕴含在剧情中，反派并没有跳出来和主角做一轮又一轮的殊死搏斗。

反派跳出来和主角做几轮搏斗是剧本第 3 幕要完成的工作，第 2 幕在“娱乐游戏”的过程中，冲突通常都是引而不发。

这个观点和长久以来大部分编剧的观点正好是相左的，以前的编剧书要表达的内容第 2 幕基本上都是冲突或者叫对抗。悉德 · 菲尔德在《电影剧本写作基础》一书中，把整个第 2 幕称为对抗。在他看来，第 1 幕结束之后，从惊爆点（催化剂）开始，整个剧情主角和反派就展开一轮又一轮的殊死搏斗，至死方休。

“第 2 幕是戏剧性动作的一个单元，它的篇幅大约有 60 页之长，被安放在一个称为对抗的戏剧性情境之中。……在电影剧本的这一部分内，主要人物要克服一个又一个障碍去实现自己的戏剧性需求——它是主要人物在你的剧本发展过程中想要赢得、获取、达到或者成就的目标。”①

---

① ［美］悉德 · 菲尔德：《电影剧作者疑难问题解决指南》，钟大丰、鲍玉珩译，中国电影出版社 2002 年 6 月第 1 版，第 29 页。

罗伯特 · 麦基的《故事》也持有同样的观点，而我认为这种观点是不正确的。至少在 20 世纪 80 年代完成的《电影剧本写作基础》和在 20 世纪 90 年代完成的《故事》都还持有这个观点，但是这部分论述已经远远过时了。

《特工佳丽》的第 2 个 25 分钟，就是超级男人婆进入选美会这个新的世界后的各种"娱乐游戏"。全剧的反派、选美会的策划者莫宁赛德小姐这段时间可全程在剧情中，但是一直引而不发，未曾和主角发生冲突。而且剧本也没有向观众交代她就是大反派。第 2 个 25 分钟，大反派尚未登场，根本谈不上什么冲突、对抗，所以就是"娱乐游戏"。

《律政俏佳人》的情况完全一致，第 2 个 25 分钟就是金发大胸芭比娃娃进入哈佛法学院这个全新的世界而如何不适应，如何被赶出课堂，如何被嘲笑，如何奋起适应这个新环境，真正参与到一起凶杀案的辩护中，真正开始有了对抗力量，已经进入剧本的第 3 个 25 分钟。

第 2 幕，剧本的第 2 个 25 分钟让反派人物引而不发，让主人公尽情地"娱乐游戏"，将创意点里的反差所产生的能量尽情地释放，这是我认为正确的标准的商业电影的结构模式。

第 2 幕与第 3 幕间的衔接点：中间点，坏蛋逼近。

第 2 幕与第 3 幕间的衔接点，处于整个电影剧本正中间的位置，比如 110 分钟的电影就是第 55 分钟。我们习惯上把这个位置称为"中间点"。

中间点是第 2 幕的结尾，是第 3 幕的开始，它确实兼具第 2 幕和第 3 幕的双重特性。

虚假的胜利。

中间点作为第 2 幕的结尾，往往包含一个虚假的胜利，或者叫"胜利的表象”。也就是说，经过整个第 2 幕的“娱乐游戏”，主人公把对新世界的不适应彻底展现了出来，该闹的笑话，该出的丑，该向观众兑现的戏剧性反差已经玩够了、玩透了，于是在新的世界里开始要取得胜利。

“中点是‘娱乐游戏’部分结束的地方，从这个地方又开始回到故事！如果剧本中有‘伪胜利’的话，这就是主角如愿以偿获得‘魔力’的地方。……但这只是伪胜利，因为在他吸取必需的教训之前还有段路程要走。”①

这个胜利有的时候往往还会伴随着一个舒适场面。

这个场面专属于这个主人公，他在剧本的中间点获得了最舒适、最放松、最愉悦的场面以及最好的心情，在新的世界里一切都显得那么可爱。这个场面至关重要，对调节整部电影的气氛、对主人公情绪的走向是必不可少的。

“临界点……过了第 60 页，应该有一个比较轻松的时刻，它对推进动作用处不大，但是它给了观众一个得以在故事情节中喘息的机会。”②

比如《律政俏佳人》里，当金发大胸芭比娃娃上了哈佛大学法学院，在第 2 幕当中就各种出丑、各种被鄙视，被老师赶出课堂，在派对上被捉弄。于是，她决心真正开始读书，真正融入哈佛法学院。到中间点之前，她已经可以很好地适应哈佛法学院的生活，可以轻松地回答老师的提问，这令老师、同学甚至情敌都刮目相看。

这个时候中间点给了她一个大大的虚假的胜利，即她被选为律师实习生，这是全班只有 4 个名额的美差。这里正好是全剧进行到一半的时候，主人公的

---

① ［美］布莱克·斯奈德:《救猫咪》，王旭锋译，浙江大学出版社 2011 年 1 月第 1 版，第 68 页。

② ［美］维基·金:《21 天搞定电影剧本》，周舟译，北京联合出版公司 2015 年 6 月第 1 版，第 39 页。

兴奋愉悦之情溢于言表。接下来有一个极度舒适的场面，圣诞夜她和朋友在一个极度温馨浪漫的环境里愉快地用餐，外边瑞雪纷飞，此时整个第 2 幕她的不适应、痛苦、被捉弄等负面情绪一扫而空。

再比如电影《肖申克的救赎》里，整个第 2 幕都是作为一个银行家的主人公被冤枉杀妻，进入暗无天日的监狱的新世界。在这个新世界里，他如何不适应，如何干苦力，如何被欺负，甚至如何被同性恋者强奸，被狱警揍，剧本将这些展现得淋漓尽致。他一步一步地适应这个环境，利用自己的税务知识帮助狱警避税，利用自己的专业知识帮助典狱长收黑钱理财。他通过自己的能力改善了自己的处境，把自己调到了图书馆，还给狱友争取了新建图书馆的权利，等等。

到了中间点的时候，这种虚假的胜利，或者说对环境虚假的适应达到了高潮，并且伴随着极度舒适的场面。

男主角违抗命令，把自己关在广播室里，用监狱的大喇叭为所有的犯人放了一段悠扬的意大利歌剧。这个场面是全剧主人公最舒适、最快乐，内心得到极大满足的场面。

在这里演员用了一个双脚翘在办公桌上的极度悠闲舒适的动作，来表达主人公内心的愉悦，尽管此时外边狱警砸门的声音已经震天响。

虚假胜利的到来，表明主人公已经暂时适应了第 2 幕的新世界。这个时候用一个极度舒适的场面给第 2 幕做一个完美的了结，然后进入第 3 幕冲突阶段。

实际上，中间点作为第 2 幕的了结是虚假的胜利和舒适的场面，作为第 3 幕的开启就是坏蛋逼近。

在第 1 幕和第 2 幕当中，坏蛋可以暂时不出场。即使出场也会引而不发，不暴露自己的身份或者不会坏主人公的事。到了中间点，坏蛋就需要真正跳出来，开启和主人公的对抗模式。

“恶人 / 好人在‘中点’处的相交、碰撞对于提高这个冲突的‘赌注’，是至关重要的。”①

比如《律政俏佳人》，当这个令人愉悦的圣诞夜过完之后，主人公开始作为律师老师的实习生，帮助律师老师打一场谋杀案的官司。这时对立的双方就立刻出现了，也就开始进入对抗环节。

再比如我们之前提到的电影《永无止境》，“娱乐游戏”部分是当男主角获得了能提升智商的神药——整整一大包 NZT（NZT-48，类似毒品的药物，以下简写为 NZT）后，进入了一个新的世界。在这个世界里他是唯一的神，因为他有超过 1000 的智商。在第 2 幕里，他把这个世界各种好玩、震惊、搞笑的事玩了个遍。在中间点是一个极度愉悦的场面，他居然获得了世界能源大亨的青睐，甚至有机会成为大亨的合作人，组织这个世界上最大的能源公司的一场并购。

然而这个时候，“坏蛋逼近”。当他在公园长椅上按照他死去的前小舅子（NZT 的贩卖者）的记事本一个一个打电话询问的时候，在公园长椅的另一侧，一个杀手的电话忽然响起。

当杀手意识到自己已经快要被主角追查到的时候，便开始行动，要从主角那里抢夺世上仅剩的 NZT。

整部电影瞬间进入了第 3 幕，在第 3 幕里不单主人公遭到了连番追杀，主人公的女友也遭到追杀，全剧的气氛骤然紧张，对抗的高潮一个层次接着一个层次袭来，这个就是中间点里由“坏蛋逼近”开启的第 3 幕的对抗。

---

① ［美］布莱克·斯奈德：《救猫咪Ⅲ》，韩程、李晋林译，浙江大学出版社 2013 年 5 月第 1 版，第 55 页。

正是由于这个属性，所以布莱克·斯奈德的《救猫咪》里才会把“坏蛋逼近”形容为“气氛骤然紧张”，这个说法也十分贴切。

3. 第 3 幕：投入新世界的对抗

当度过了剧本的中间点，第 55~75 分钟这 20 分钟就是全剧的第 3 幕。

如果给剧本的第 2 幕拟个标题叫“娱乐游戏”的话，那么第 3 幕的标题应该毫无疑问地称为“对抗”。

到中间点的时候，坏蛋悄然逼近，在新世界里，主人公和坏蛋做几个层次的交手，完成几个层次的对抗。这一幕是最标准、最经典的对抗环节。

对抗过程的两个重点。

在这 20 分钟的对抗过程中，有两个重点是需要特别注意的。

（1）分层次，押上台面的赌注越来越大

切忌使对抗的过程乱作一团，而应该一层一层地展开。在一个层次之后，必然伴随着一个裂开的鸿沟，主人公更加危险的境遇逼迫主人公押上更大的赌注。

“来自他的世界的这一反应使他的欲望受阻，使他遭受挫折，比在采取行动之前离欲望更远。他的行动不仅没有引出他的世界的合作，反而激发了诸多对抗力量，在主观期望和客观结果之间……开掘出一道鸿沟。”①

我们再来看电影《永无止境》。当度过了中间点，坏蛋已然逼近。在公园的长椅上，男主人公发现了那个一直跟踪他的人，而那个人也开始放弃暗中跟

---

① ［美］罗伯特·麦基：《故事》，周铁东译，中国电影出版社 2001 年 8 月第 1 版，第 173 页。

踪，直接朝着他跑过来，就为了抢夺他手里仅剩的 NZT。

这个时间点大概在全剧的第 55 分钟，接下来的 20 分钟就是连番追杀。

男主角第一次和杀手经历了一次生死竞速，这本身已经包含着一个巨大的赌注：主人公是安全还是危险。毕竟，对方是真的职业杀手。

当男主角刚刚安全，回到家发现家里已经被彻底翻找了一遍，很明显对方就是在寻找他的 NZT。这个时候男主角服用的药物副作用发作，倒在女友的怀里。男主角嘱咐女友去她家里把剩下的 NZT 找来拿给他服用，否则他就会死亡。

女友在自己家里拿到 NZT 出来，也撞见了杀手，并开始被追杀。于是，第二个层次又展开了。

注意前后两个层次的区别，职业杀手追杀了男主角一次，也追杀了男主角的女友一次。女友瘦弱且没有防备，在被围困的极端时刻，男主角居然让女友吃 1 片 NZT。女友吃了 NZT 之后，想出了办法一举脱困。

第二个层次对抗结束，男女主角暂时脱困。第二天，女友就选择彻底离开男主角。因为当她服用了 NZT 之后，便深深感觉到这种药物的可怕，并且觉得自己已经无法面对男主角，因此选择彻底离开，退出这个故事。

编剧千万要牢记这个女友的离开！这就是一个层次之后，男主角押上台面的赌注，或者叫付出的代价。

男主角为了帮女友脱困，让女主角吃下 1 片 NZT，这样似乎暂时解决了问题，渡过了难关。然而女主角吃下 NZT 后，却选择了彻底和男主角分手。这就是希望和现实之间裂开了更大的一条鸿沟。

也就是说，男主角失去了在全剧中唯一不计名利、真心爱他的那个人。接下来所有的艰难困苦，都需要他一个人去面对。

一个层次的对抗之后，押上台面的赌注就要更大。一个层次的对抗之后，男主角的处境就会更危险，形势也会更不利，这是对抗环节编剧最核心的技巧。

“一旦现实中裂开这一鸿沟，人物便会以其意志力和能力，感觉到或意识到，他不可能以一种最小的保守方式得到他想要的东西。他必须重整旗鼓，奋力越过这一鸿沟，然后采取第二个行动。这下一个行动是人物在刚开始时不愿意采取的行动，这不仅因为这一行动要求更强的意志力，迫使他更深地挖掘自己的潜能。而且最重要的是，第二个行动使他面临风险，现在他处在若想有所得必将有所失的境地。”①

（2）设置紧张关头

在被称为对抗的第 3 幕，对抗至少要分 3 个层次或者 3 个以上的层次进行。为了让整个剧情更加跌宕起伏，最巧妙、最合适的方法就是设置紧张关头。紧张关头就是主人公差点儿死亡，主人公差点儿被坏蛋彻底打败，主人公差点儿失去一切。

每一个紧张关头，都可以作为对抗过程中一个层次的结尾。

比如之前提到的经典动作电影《亡命天涯》，哈里森·福特饰演的医生被冤枉杀妻。被判处死刑并立即执行之后，他在机缘巧合下逃脱了，然后踏上了一条亡命天涯的道路，被联邦法警到处追踪。

到了第 3 幕的时候，这部电影把对抗的一整个大的节奏段落非常清晰地分解为几个小的节奏段落，而且每个节奏段落的结尾都有一个巧妙的紧张关头作为了结。

比如剧本的中后段，哈里森·福特饰演的医生以为真凶在监狱医院里。

① ［美］罗伯特·麦基：《故事》，周铁东译，中国电影出版社 2001 年 8 月第 1 版，第 174—175 页。

他来到监狱医院探监，发现那根本不是他想找的人。这个时候，法警已经追随线索找到了监狱医院。在监狱医院里经过一番追逐，狱警按响了警报，监狱医院的自动有机玻璃大门缓缓关闭。关闭大门就是要来个瓮中捉鳖，医生最后纵身跳出门外。观众刚喘了一口气，发现他的脚被缓缓关闭的有机玻璃门卡住了。这个时候法警来到门前，掏出手枪对着脚被卡在门缝里的医生连开 4 枪。在所有观众都觉得主角必死无疑的时候，大家忽然发现只是玻璃门上多了几个凹痕。这是监狱医院，玻璃门是防弹玻璃，而这个时候主角早已逃之夭夭。

这样就构成了一个剧本中相对独立的段落层次，这个段落层次以一个主人公差点儿前功尽弃的紧张关头为结尾。

再比如之前提到的电影《永无止境》，第 3 幕有一个段落就是男主角让女友去家里找出仅剩的一小包 NZT。当女友拿到 NZT 的时候，杀手已经追踪而至。杀手在街道、公园对女友一通追杀，在杀死两人之后把女友逼到了死胡同里。到这里似乎一切都结束了，剩下的 NZT 加上女友的生命也将不复存在了。这个时候男主角出了一个出人意料的主意，让女友也吃 1 片 NZT。吃完之后，女友忽然像变成另外一个人一样，飞快地跑向溜冰场，用一个滑冰的孩子锋利的冰刀弄伤了杀手，逃离了险境。

在整个动作段落中，随着杀手的追近，观众的情绪越收越紧。到杀手杀死两人，把女主角逼到角落的时候，观众紧张的情绪达到高潮。随后，又用一个紧张关头的突转来使女主角脱困。

这样的段落配以这样的紧张关头，可以有效地调动观众的观影情绪，让他们在“舒缓—紧张—最紧张—再舒缓”的情绪循环里走动，这是调动观众情绪最有效的方式。

如果说第 2 幕的“娱乐游戏”是要让观众笑个够、爽个够，把主人公对新世界的不适应全部都展现出来的话，那么第 3 幕的对抗就是用这样一个又一个动作段落带着观众坐过山车。在新的世界里坐情绪的过山车，每次都是主人公差一点儿死亡、主人公差一点儿崩溃、主人公差一点儿放弃了这个世界，这是剧本第 3 幕为观众准备的“可口大餐”。

所以，第 3 幕确实就是我们传统意义上最喜欢谈的剧本的对抗。但是这个对抗的要点是，首先把大大的一幕分成若干个对抗的层次或者说对抗的段落，而对抗的段落的情绪一定是按照“舒缓—收紧—紧张—差点儿崩溃—逆转—重新舒缓喘口气”进行的。这样的层次有两三个，就能帮助我们愉快地度过剧本第 3 幕的 20 分钟，也就是剧本的第 55 ~ 75 分钟。

传统的编剧思路是把整个第 2 幕都用来表现冲突，比如《电影剧本写作基础》就是这样论述的。这个思路也不能说有什么错误，但是会给剧本的编剧留下一个特别可怕的陷阱，就是不知道如何度过冗长的第 2 幕。

即使编剧在第 2 幕里玩命地使用对抗的层次和段落，玩命地设置紧张关头，这样反复的层次一多，观众的注意力也会下降。这种反复的层次极限，我觉得就是 4 次。超过这个次数，观众就会开始精疲力竭，没办法再把情绪集中起来。从表面上看是观众被你的对抗层次和紧张关头弄疲了，本质上是你每次都玩心跳，每次都让主人公在生死关头走一回，而走的次数多了，观众就没办法再兴奋起来了。

布莱克·斯奈德在《救猫咪》里天才地提出了第 25 ~ 55 分钟不是紧张关头而是“娱乐游戏”，非常巧妙地化解了第 2 幕对抗过于冗长的毛病。

“娱乐游戏”段落和对抗段落的节奏、思路全都不一样。因此这两个部分可以非常完美地互补，从而对调动观众情绪起到决定性的正面作用。

有了“娱乐游戏”的 25 分钟，那么对抗只需要度过 20 分钟。这对于编剧来说，实在是太大的福音。

唯一让我对《救猫咪》心生不满的地方就是，《救猫咪》还死守着三幕剧的老传统。它强行把“娱乐游戏”段落和对抗段落放在第 2 幕，强行把“娱乐游戏”叫第 2 幕的上半段，把对抗称为第 2 幕的下半段，这实在是没有必要。这样还会让很多初学者和新手产生一种错觉，那就是“娱乐游戏”和对抗还是有必然联系的，甚至认为“娱乐游戏”是对抗的第一个层次，否则为什么要把它们两个放在同一幕的节奏里？

所以我想说，这就是典型的四幕剧的划分。第 2 幕就是“娱乐游戏”，第 3 幕就是对抗，两幕衔接的地方就是中间点。第 2 幕和第 3 幕从各个方面来说都天差地别，完全没必要非得放在同一幕里，还强行划分成上半段和下半段。很明显好莱坞编剧上百年的习惯都是 3 幕剧结构，他们的传统包袱有点儿太沉重了。

新世界里虚假的胜利。

在每一个对抗层次里，主人公都可以化险为夷，都可以脱困，且越来越适应这个新的世界，甚至在用这个新的世界的法则获取成功。这就使第 3 幕对抗的层次里，主人公获得虚假胜利的情节越来越多。

“如果这一事件发生在你电影的开头，可能会毁了他，但是现在他变了。……这个事件的发生给了他机会去展现他的新变化，因为如果他不亮出新本事，这个事件就会摧毁他。”①

而现在主人公在第 3 幕里多次亮出了他的新本事，这种虚假胜利带来的假象也就越来越多。

这就是第 3 幕对抗，通过对抗、通过紧张关头反复地折磨观众的情绪。

---

① ［美］维基·金:《21 天搞定电影剧本》，周舟译，北京联合出版公司 2015 年 6 月第 1 版，第 83 页。

但是从另外一个角度来说，这似乎一直给观众积累着一种情绪，就是主人公越来越适应新的世界，他在新的世界里获得了新的方法，并用新的方法获得了一个又一个胜利。

这种胜利的假象也很重要，因为到第3幕结尾的时候，编剧会用“一无所有”场面把这个胜利的假象打得粉碎。

比如我们之前一再提到的经典的喜剧电影《律政俏佳人》，到第3幕的时候就是虚假的胜利一个接着一个。女主角作为律师实习生参与到一桩谋杀案的辩护当中，在真正辩护的时候，女主角以前的胸大无脑、美丽的金发、漂亮的衣装、琳琅满目的化妆品将毫无作用。这个时候就要让她把在哈佛法学院学到的法律知识，一位合格的法律专业人士的本领拿出来。

这个新世界需要女主角拿出一点儿手段来。果然在这个新世界里，女主角虚假的胜利一个接着一个。女主角用自己的智慧获取了女被告的信任，揭穿了其中一个证人的谎言，因为她一眼就看出那个证人是个同性恋。这些虚假的胜利不停地在对抗里反复累积，最后等待女主角的是这些虚假的胜利彻底崩溃。

第3幕与第4幕间的衔接点:“一无所有”场面。

在度过第3幕的对抗之后，剧本来到了第75分钟。剧本的第75分钟是一个非常重要的节点，这个节点就是主人公“一无所有”的场面。

“一无所有”的意思是主人公在这个时间点、这个场面中，彻底失去了一切。一切希望，一切理想，一切之前建立起来的人生目标，全部在这一刻幻灭，人物彻底被打入谷底。

“节拍表中第75页有个跟中点相对应的时刻‘一无所有’，也可称为‘伪失败'。这两个点是个组合，因为这两个节拍互为相反。"①

"我不清楚观众必须看见这个节拍的原因，但观众必须看见这个节拍。"②

我完全同意布莱克·斯奈德的观点，"一无所有"场面是整个电影剧本中最重要的场面，也是必不可少的节奏点。

"一无所有"场面里隐含着 3 个非常重要的知识点需要强调。

（1）虚假胜利被揭穿（回到旧世界甚至还不如旧世界）

"一无所有"场面一个特别常见的思路是和之前不断获得的虚假的胜利相呼应的。

也就是说，主人公在第 2 幕的新世界产生了各种不适应，各种出丑、出事、出状况之后，第 3 幕往往是主人公越来越适应新世界。而且主人公在这个新世界里采用了新的方法获得了一个又一个阶段性的虚假的胜利。

虚假的胜利从第 55 分钟中间点之后进行 20 分钟，到第 75 分钟戛然而止。这里要让主人公彻底失败，而且这种失败不是简单地重复第 2 幕那种对新世界的不适应的失败，而是彻底打回旧世界，甚至连旧世界都不如。

这才是优秀的"一无所有"场面。

《律政俏佳人》就是这样一部节奏极为工整优秀的电影。第 2 幕是写女主角作为一个胸大无脑的漂亮芭比娃娃，进入哈佛大学法学院之后的各种不适应、各种出丑、各种被嘲笑。当顺利完成"娱乐游戏"之后，女主角在中间点的时候迎来了转机。她被大律师老师选入实习团队，参与到一桩谋杀案的辩护中。

---

① ［美］布莱克·斯奈德：《救猫咪》，王旭锋译，浙江大学出版社 2011 年 1 月第 1 版，第 68 页。

② 同上书，第 72 页。

在接下来的第 3 幕里，虚假的胜利一个接一个，女主角异乎寻常地获得了被告的信任。女主角凭借自己敏锐的直觉发现一个证人是同性恋，帮助律师戳破了证人的谎言。女主角和一名年轻的律师越走越近，开始一段成熟的爱情故事。

在经过 20 分钟虚假的胜利之后，《律政俏佳人》来到了第 75 分钟，“一无所有”场面。在“一无所有”场面的一开始，剧本还采取了欲抑先扬的手法，以便把这个虚假的胜利做足。

女主角的哈佛大学大律师老师私下找到她，告诉她，她做得非常不错，甚至已经有做律师的潜力了。应该说，和第 1 幕旧世界里那个大家公认的漂亮金发、胸大无脑的芭比娃娃有天壤之别。而且整部电影的内在驱动力就是女主角如何一步一步摆脱芭比娃娃的定位。似乎在这里，胜利真的已经确定无疑了。

然后故事话锋一转，大律师老师的手搭到了女主角的膝盖上。女主角瞬间明白，这名大律师选她进团队，以及所有夸赞她的话，都只是为了潜规则她。

之前她所有的成功、所有的被认同、所有虚假的胜利，在这儿全部化为乌有。

请注意，这一刻女主角的境遇甚至不如在第 2 幕不适应新世界的境遇。女主角来哈佛法学院读书，来律师团队实习，就是为了摆脱漂亮的芭比娃娃的定位。然而大律师对她提出潜规则，让她瞬间回到了第 1 幕。她忽然明白了，从第 2 幕到第 3 幕，最终在第 3 幕的结尾又回到第 1 幕，原来她的一切还是要依靠美貌。

在第 1 幕里，即使女主角全靠美貌，至少还有自信和自我认同。也就是说，女主角自己觉得有美貌就拥有全世界。当她通过来哈佛法学院改变自己的想法时，发现又回到了第 1 幕的原点，此刻她的失望和第 1 幕的自信形成了鲜明对比。

所以说，“一无所有”场面通常是虚假的胜利被揭穿。这个揭穿的真相应该会回到旧世界，甚至连旧世界都不如，这个才是标准的“一无所有”场面。

（2）灵魂的黑夜

在度过了 75 分钟的“一无所有”场面之后，第 75 ~ 85 分钟一般来说蕴含着两种元素，第一种元素叫“灵魂的黑夜”。

“‘灵魂的黑夜’……这是主角刚好还没找到正确方法的时候，还处于深渊，这个阶段之后就会想出拯救自身及周围所有人的主意。”①

这个点经常是主角最痛苦的时候，需要有这样一个或者几个场面把这种痛苦淋漓尽致地展现给观众。

在电影《决战中途岛》里，男主角是个勇敢的战士，甚至可以说是一个航母飞行员中的英勇骑士。

在剧本的 3/4 处（这部电影的时长不是 110 分钟），出现了主人公“一无所有”的场面。他的战友在从航母起飞的时候跌落海中，在他眼前丧生了。由此，这个英勇的空中骑士陷入了深深的自我怀疑之中。这个经历过无数生死、经历过无数劫难的骑士躺在床上，向妻子说出了自己的痛苦，说出了自己对战争的怀疑。这个时候他不再是一名英勇的战士，而是一个惧怕死亡、惧怕失去的普通人。

灵魂的黑夜场面常常是这样的：主人公酗酒、吸毒、打架、逃跑、自暴自弃。这是主人公“一无所有”之后灵魂的绝望时刻。把这个时刻正面呈现给观众，是观众一心期待的场面。

---

① ［美］布莱克·斯奈德：《救猫咪》，王旭锋译，浙江大学出版社 2011 年 1 月第 1 版，第 72 页。

这个场面写得越痛苦，越痛彻心扉，那么在第 3 幕的大决战中，主人公的获胜就会显得越震撼人心。

（3）死亡的气息

“一无所有”场面之后第 75 ~ 85 分钟伴随的第二个元素叫“死亡的气息”。

死亡的气息在大部分作品中代表的都是有人死亡，这个死亡最佳的人选一般来说就是主角的好朋友或者人生导师。

这种死亡是非常有效地帮助主角陷入“一无所有”场面的推进器，效果往往极其出色。

“在‘一无所有’时，努力创造一个跟死亡相关的事物……其原因是‘一无所有’这个节拍是‘主角面临十字路口’的时候。这是旧世界、旧人物、旧思维方式消亡的时候。”①

这是我在创作中经常使用的手法，甚至是我使用得最频繁、最持久的编剧方法。

在我的剧本处女作《盖世武生》中，男主角是一个京剧名角，武生的魁首。全剧都在讲他和镇上的戏霸、恶霸之间的斗争。在第 3 幕结尾，也就是剧本度过了 75 分钟的时候，男主角力保的武生师父，被恶霸羞辱嘲弄，最终为了表演一个高难度的武生动作，从台上一跃而下，导致身亡。

整个剧本到这里，男主角的人生境遇陷入了最低谷，达到了所谓的“一无所有”场面。随后出现了一个人们披麻送葬的场面，把这个死亡的气息表现到了极致。

《7 把枪》的写法也完全一样。男主人公在整个剧本中孜孜以求的就是组

---

① ［美］布莱克·斯奈德：《救猫咪》，王旭锋译，浙江大学出版社 2011 年 1 月第 1 版，第 70 页。

织民兵，抵抗土匪，保护村子。在经历了第 2 幕与第 3 幕之后，到第 75 分钟的时候，他发现村长和土匪勾搭，悄悄地把他出卖了。之前喊着口号要和他一起干的村民个个都首鼠两端，和土匪勾勾搭搭。

他要着力保护的村民，村长的女儿刚刚被先奸后杀，村长抱着女儿的尸体走到村口的广场上。

在这个时候必须死人。主角的亲人、主角的师父、主角要保护的人，都非常适合在这个时候死去。

另外一种方法也和死亡相关，就是让主角在这里做出自杀的行为。

“一无所有”场面伴有自杀行为是非常常见的剧本节奏。

电影《大独裁者落难记》就是很典型的例子。这部电影讲述了一个中东国家的独裁者出访美国，被处心积虑篡权的手下用一个替身替换了。大独裁者就此沦落在美国街头，与反独裁的激进组织为伍，还和一个反独裁的女人谈起恋爱。

到了第 75 分钟的时候，他发现自己再也没办法坐上王座，而那个和他恋爱的女人现在也知道了他的身份。绝望中，他决定自杀，去跳美国的金门大桥自杀。

这是非常典型的在“一无所有”场面里通过自杀行为来强化死亡气息的情节。

在喜剧电影中，如果真的死人，就会违背喜剧的调性。这个时候不像正剧悲剧那样，用死亡或者自杀来解决问题。常用的一种方法就是退出故事，这种方法等同于宣布杀死这个角色。

比如在电影《特工佳丽》里，女主角是一个 FBI 探员且是一个超级男人婆。在进入美国小姐选美会做卧底的第 2 幕，男人婆入选美国小姐候选名单，和一帮金发碧眼的选美小姐一起生活。这就是剧本给我们许下的承诺，这个承诺要在这里兑现。

经过第 2 幕和第 3 幕的发展之后，到了“一无所有”场面。这个时候女主角明明已经发现了恐怖分子的蛛丝马迹，初步判断恐怖分子是谁，而且确信恐怖分子会来安装炸弹，但是突然 FBI 的上司来到这里，宣布危机解除，命令所有探员撤离。

面对这种情况，女主角坚决抗命，要求继续调查。上司下令收走了女主角的枪和徽章，实际上是剥夺了她探员的一切权力。女主角喜欢的男性在这个时候不仅不站在她这边，反而斥责她抗命。这令女主角心灰意冷。

这个时候，女主角虚假的胜利全部烟消云散，她不单回到了旧世界（FBI 男人婆的世界），甚至连旧世界都不如（枪、徽章都被收走了），还遭到了准男友的背叛。

这是标准的“一无所有”场面，这个时候还需要一个死亡的气息来加固这种场面。

最好的死亡人选是梅林，也就是女主角的选美顾问。仅用两天时间一手把这个邋遢的男人婆塑造成美女的超级选美顾问，在整个剧本中承担了女主角人生导师的角色。

但这是一部喜剧动作电影，如果真的让人死亡是不符合喜剧调性的。这个时候就适合采用让人生导师退出故事的方法。

当女主角再去找梅林的时候，梅林不像以前那样对她进行美丽说教，不再对她喋喋不休地唠叨，而是收拾东西离开了。因为他受雇于 FBI，他不走 FBI 就不会给他结账。

临走之前，他留下了一套礼服作为告别礼物，剩下的一切就要由女主角自己去承担了。

这是整部喜剧电影里最令人哀伤的时刻。这个时候他的离开，退出故事就等同于人物的死亡。

“一无所有”场面后面跟一个死亡气息浓重的场面是非常有必要的，也是非常有效的。

人生导师最常在这个地方死亡。

非常值得注意的是，如果一部电影中的主角有人生导师，那么在“一无所有”场面之后死亡或者退出故事几乎是必然的节奏。

因为人生导师在这里死亡有两个重大的作用：①把“一无所有”场面——这个对主角来说最负面的节奏——做到极致。②摆脱了人生导师，主角在第 4 幕的正邪决战中才能独自面对，才能真正成熟起来。有导师在旁边手把手地教，主角是很难成长的。

这个节奏点，在我写的《盖世武生》里就是师父老齐的自杀，在舞台上一跃而下。在《特工佳丽》里就是选美顾问梅林的离开，退出故事。在《功夫熊猫 1》里就是那个始终认定阿宝是“神龙大侠”的乌龟大师羽化成仙。

让人生导师在死亡气息浓重的时刻退出故事是我写作的不二法门。即使在处女作中我也是这么做的，虽然那个时候有很多写作思路尚未厘清，写作手法也非常稚嫩，但是这个节奏让我从直觉上觉得对，而且十分舒服。其实那个时候我连《救猫咪》都没有看过，连“‘一无所有’场面”这个词都没听说过，只是从直觉上觉得这样展开故事会让人很舒服。

事实证明，这样的效果非常好。资深导演张光照非常喜欢我写的剧本，促使我走上了编剧之路。而最终我的处女作让我获得了浙江省最佳编剧奖，这直接增强了我做编剧的信心。

4. 第 4 幕：奋力打出一个真正的新世界（建立真正新世界的平衡）

经过了前 3 幕，也就是说一部 110 分钟的电影，前 3 个 25 分钟已经过去，之后经过 10 分钟“一无所有”场面，从剧本的第 85 分钟开始，直到剧本的结尾，这 25 分钟是电影的第 4 幕。

在第 4 幕，编剧要完成的工作很简单，就是：决战！

“创造最后一幕的高潮——一切意义和情感的汇聚和顶点。”[①]

主角和反派势力殊死搏斗，展开一次不死不休的决战，最终分出一个胜负。

如果说第 1 幕是一个旧世界，一个平衡的旧世界，那么第 2 幕就是主角闯入一个新世界，一个对他来说完全不适应的新世界。在这个新世界里主角的不适应，出的丑、犯的傻、出的洋相全部展现出来构成了“娱乐游戏”部分。那么第 3 幕就是主角越来越适应新世界，虚假的胜利一个接着一个。然后再从“一无所有”场面把主角虚假胜利的假象击碎，让主角的生活还不如平衡的旧世界。

从这个角度来讲，“一无所有”场面是针对主角的。从大的剧本结构来说，“一无所有”场面，也就是剧本的第 75 ~ 85 分钟应该叫新世界假象被击碎，镜子的玻璃碎了一地。

第 4 幕就是主角重新奋起，奋力地打出一个真实的新世界。这个新世界就是在决战之后，主角真正战胜了反派，完成了一个新的平衡，即一个新世界的平衡。

所以《救猫咪》里，布莱克·斯奈德把第 1 幕称为“正题”，把第 2 幕、第 3 幕称为“破题”，而把影片的最后 25 分钟称为“合题”。这就是打出一个新世界的平衡的意思。

第 4 幕大致上还会有几个小小的节奏点要铺排。

---

① ［美］罗伯特·麦基：《故事》，周铁东译，中国电影出版社 2001 年 8 月第 1 版，第 127 页。

（1）再次出发

在经历了“一无所有”场面之后，在经历了主角伤心痛苦的最低点之后，往往也是人生导师已经死亡或者离开之后，颓废的主人公需要一个强有力的重新出发的节点，这个节点在第 85 分钟左右。

这个节点是主角重新上路的点，是主角鼓起十二分勇气，走向决赛战场的点。这个点一定要小心设定！

我在创作实践中，得出一种有意思的方式。

第 85 分钟的再次出发场面，往往需要一种巨大的仪式感！

既然是标志着主人公从“一无所有”场面里走出来，既然是标志着主人公再次出发奔向决赛战场，那么这个场面最好悲壮一点儿，最好有一个类似于成人礼的仪式，去渲染、烘托一下再次出发的场面。

比如我创作的电影作品《7 把枪》，就是用一个最强有力的仪式来写再次出发的场面的。

本书已经多次介绍过《7 把枪》的剧情，这里不再一一赘述。在《7 把枪》第 3 幕结尾的时候，主角王洪合失去了一切，所有的人都背叛了他，所有的人或者胆小不敢和他并肩作战，听任土匪肆虐，或者干脆和土匪勾勾搭搭，所有之前说着豪言壮语的村民、村干部都在这个生死时刻消失了。

他决定这次做一个孤胆英雄，他决定一个人走向战场，一个人血洒战场。这种仪式感就是他一个人孤独地出发，走向和几百个携带着大炮等重武器的土匪将要决战的滩头阵地。

这个时候，1 个、2 个、3 个……另外 6 个人走出来，一言不发，拿着武器跟着他一起走向战场。最终 7 个人再次出发，一起孤独地在落日余晖下走向战场。这个场面也呼应了片名《7 把枪》。在这里导演用音乐渲染，用镜头反复切换表现，把这个场面做得仪式感十足，悲壮意味十足。

这个场面成为整部电影中最重要的重头场面之一，尽管没有一句台词，但是这在剧本故事大纲阶段就被我列入最重要的戏剧节点。问了许多观众的观感，大部分人都对这个场面记忆犹新。我想这部作品能在央视反复播出，而且每次都能拿到全国收视率第一，这个场面足够打动人应该是一个重要的原因。

再比如《律政俏佳人》再次出发的场面也做得精彩无比，而且仪式感十足。

在《律政俏佳人》里，那个胸大无脑、一心只爱美丽的外表，觉得头脑不重要、无所谓的美女，进入哈佛大学后开始认真读书，融入这个最需要头脑和刻苦的世界。在第 3 幕里，她的虚假的胜利一个接着一个，到最后她甚至被选入了律师团队，可以真正做一个为谋杀案辩护的实习生。之后在“一无所有”场面里，她发现她被选入律师团队仅仅是因为她好看，她的老师觊觎她的美色，她之前所有的自信瞬间烟消云散。

当女主角打算离开哈佛大学、打算放弃整个新世界的时候，她优秀的法律老师鼓励了她，让她重新燃起信心。

她决定重新出发。这个重新出发，就是决定亲自做谋杀案的主辩护律师。这部电影用了一个强烈的具有仪式感的画面，写了女主角的再次出发。

当说到有新的辩护律师到场的时候，法庭的门再次被推开，女主角一身律师职业装出场，然后傲然迈步走进法庭。这是她人生中第一次以辩护律师的身份走入法庭。导演用音乐、用镜头反复渲染这个场面，让女主角的再次出发场景拥有一种迷人的力量，这种力量包含着一种信心，包含着一种她下定决心战斗、下定决心成长的力量。

所以这个再次出发仪式感十足的场面必不可少，而且经常可以成为一部电影中的经典场面。

（2）高塔意外

当主角再次出发之后，便迅速执行自己的计划，和反派连番激战。这些都是第 4 幕观众期待的场面，编剧只要照着做就可以了。

但是第 4 幕到了一半的时候，或者说 110 分钟的电影剧本在第 97 或者 98 分钟时，需要一个彻底反转的意外。

我很喜欢使用“高塔意外”这个词汇，这是布莱克 · 斯奈德在《救猫咪Ⅲ》里面使用的一个说法。

“高塔意外”的意思就是在传统童话故事的高潮部分，公主被大反派（恶龙）关押在一个高塔里，而王子要登上高塔去拯救被关押的公主。当王子费尽心机进入高塔的顶层时，却发现公主并不在高塔里。

这就是一个彻底的全局性的大反转，让主角从再次出发之后充满勇气，勇往直前，到再次面临一个巨大的失败的阴影，或者说再次陷入巨大的困境。

要特别注意的是，这次接近结尾的反转一定是一个**全局性的大反转**。这里特别强调全局性，意思就是，这一次反转一定是最大的最深的反转。那么一部电影最大最深的一次反转在哪里呢？我们可以从全剧设定的大前提里寻找。

这是我在 10 多年剧本创作中，写结尾高潮戏的一大利器。我在结尾的时候会用一个“高塔意外”颠覆整个剧本的大前提。

电影史上最经典的一次“高塔意外”，我想应该是《星球大战》中的那个场面。全剧（正传有三部）铺垫出正、邪两方面的力量。正方是天行者卢克为主角的正义力量，反方是戴着黑头套、说话瓮声瓮气的大反派达斯 · 韦德。似乎只要正方最终战胜达斯 · 韦德，公主就算被拯救成功，全剧就可以结束了。

电影完全按照观众想象的那样，天行者卢克一步一步地杀向反派的大本营，最终摧毁了死星，拯救了地球，可谓历尽千辛万苦。

在《星球大战》正传的第二部结尾处，天行者卢克杀到达斯·韦德面前。然后天行者卢克和达斯·韦德都拿出激光剑，用原力斗剑，这些都是观众期待并且可以预见到的。如果卢克一剑杀死了黑武士达斯·韦德，那么全片最重要的一个节奏点就会消失，这部电影就注定不会成为电影史上的经典。

在这里使用了标准的“高塔意外”。当卢克打掉黑武士手里的激光剑，黑武士已经无处可逃的时候，达斯·韦德忽然告诉卢克：“你不能杀我，因为我是你的父亲。”

这是最经典的颠覆之前一切设定的神来之笔。之前所有的设定，反派的头儿是谁，主角是如何怨恨反派的，如何认为杀死反派就可以天下太平的，在这一刻，一切的铺垫都是用来反转的而不是用来实现的。

原来一心想要杀掉的大反派是男主角的亲生父亲，这个故事忽然掀起了更加滔天的巨浪。

在这个滔天巨浪的帮助下，这部电影自然还可以有精彩的第三部在等待观众。

这个“高塔意外”的时刻，也常常是全心全力地帮助主角的伙伴暴露出叛徒面目的那一刻，在这一刻主角会发现原来之前自己努力实现的一切都只不过是坏人设下的一个陷阱罢了。

好莱坞经典电影《血染雪山堡》中就有最典型的“高塔意外”，并且包含了叛徒暴露真面目。

全剧讲的是“二战”时期一支由 7 个英美盟军成员组成的突击队，一起跳伞进入纳粹德国控制的一座高山上的城堡，营救一名美国军官。

刚降落就有一个人被杀，大家带着重重的疑惑一路潜入德军守卫森严的城堡，最后杀到德军的核心司令部。

在影片快接近结尾的时候，也就是队长带着手下要攻入德军司令部的时候，忽然看到德军司令坐在椅子上，悠然地等着突击队队长。原来他对队长的计划了如指掌。那为什么他会了如指掌呢？这个时候你会看到其中 3 个突击队队员身穿纳粹党卫军制服，坐在德军司令的旁边。

这是我看到过的最工整的“高塔意外”场面。全剧的突击队营救计划在这一刻彻底反转，原来这一切德军都知情，他们所谓的营救就是一场德军设置的阴谋。那 3 个身穿德国纳粹党卫军制服的突击队队员完美地诠释了什么叫叛徒暴露出真面目。

如果你想深入了解什么叫“高塔意外”，这部电影真的是一个再经典不过的范例。

（3）最终决斗

影片第 4 幕的最后 10~15 分钟，留给主角和反派做最后的决斗，这是标配，是观众必须在影片结局看到的东西，在这里只要满足观众就可以了。

“结局必须以让人情绪上得以满足的方式完成。”①

要注意的是，最终的决斗千万不要走偏。也就是说，影片的最终决斗是在影片一开场给观众的类型期待或者暗示，这时给他们这个决斗场面就可以了。

《洛奇》的最终决斗场面只有一个，就是洛奇在拳击台上挑战世界最重量级拳王。

《特工佳丽》的最终决斗就是卧底女特工参加的这场美国小姐选美会最终比赛，一定会有恐怖分子来闹场，女特工和恐怖分子之间展开一场最终决斗。

《律政俏佳人》的最终决斗一定是一场法庭上的唇枪舌剑，女主角一定会

---

① ［美］布莱克·斯奈德：《救猫咪》，王旭锋译，浙江大学出版社 2011 年 1 月第 1 版，第 73 页。

在一场谋杀案的辩护中大显身手。

《7把枪》的最终决斗就是7个人孤独地守卫这个阵地，在与几百个土匪的交战中，一个接一个死在战场上。

按照你之前给予观众的提示，按照你的电影类型模式，按照你的海报上给观众许下的承诺，给观众一场主角和反派的最终决战以结束整部电影，这就是结构的最后一个节拍。

“所有故事结局的关键就是给予观众他们想要的东西，但不是通过他们所期望的方式给予。”①

这种前面有足够的铺垫暗示，后面一一呼应、一一满足，就是我们最经典、最传统的闭合式剧本。

“如果一个表达绝对而不可逆转的变化的故事高潮回答了故事讲述过程中所提出的所有问题并满足了观众的所有情感，则被称为闭合式结局。”②

这里还有一个想法要和大家分享，即到底是要一个光明的结尾还是要一个黑暗的结尾，这就是我们通常所说的要不要好莱坞式的大团圆的结尾。

结尾往往起着关键作用，一部出色的影片确实离不开一个优秀的结尾，那么是不是大团圆就是好的结尾呢？对此众说纷纭。

我的经验是，如果我写的是一部纯粹以商业为目标的作品，我非常倾向于大团圆的结尾，这是最安全、最不易犯错误的思路。比如我自己的电视剧《面具背后》这样的商业作品，最后一定是倾向于大团圆的结尾。而如果你的作品有文艺片倾向，有“作者电影”的思路，那么就可以不采用大团圆的结尾。

---

① ［美］罗伯特·麦基:《故事》，周铁东译，中国电影出版社2001年8月第1版，第363页。

② 同上书，第57页。

这时可以根据你自己的喜好和对整个剧情的认知，来选择采用什么样的结尾。

一句话，如果以商业来考量，大团圆最安全、最保险、最放心、最常用。

综上所述，整个 110 分钟长度的电影剧本的主线故事，应该被区分为以下节拍。对于每一个节拍，我都详细分析了其在剧本中起到的作用和所处的时间位置。现在我们把这些节拍全部组合在一起，形成一个节拍表。注意：后面的数字标明了时间点。

第 1 幕：旧世界的平衡（铺垫）（第 1 ~ 25 分钟）

惊爆点（催化剂）（第 15 分钟）

第 1 幕与第 2 幕间的衔接点：新世界与旧世界的转换（第 25 分钟）

第 2 幕：新世界的崩塌（“娱乐游戏”）（第 25 ~ 55 分钟）

第 2 幕与第 3 幕间的衔接点：中间点，坏蛋逼近，虚假的胜利（第 55 分钟）

第 3 幕：投入新世界的对抗（第 55 ~ 75 分钟）

第 3 幕与第 4 幕间的衔接点：“一无所有”场面（第 75 ~ 85 分钟）

（1）虚假胜利被揭穿

（2）灵魂的黑夜

（3）死亡的气息

第 4 幕：奋力打出一个真正的新世界（建立真正新世界的平衡）（第 85 ~ 110 分钟）

（1）再次出发

（2）高塔意外

（3）最终决斗

“假如我们可以把一个电影剧本像一幅画那样挂在墙上，来审视它，就会看出它有自己独特的形式。如果想要看出它像什么样子，要看出它的本质，我们就要使用电影剧本结构的示例。一个示例就是一个模特，一个样式或者一个构思的规划。”①

这就是一个标准的商业电影剧本的节拍表。

“所有的好剧本都符合这个示例吗？肯定是的。但不见得有了这些就能成为好剧本。……这个示例只是一个形式……可以有千变万化的样式、材料、颜色等，可它的基本形式依旧。”②

三、辅线和主线的交叉

实际上，我们在上一节集中研究了一个电影主线故事发展变化的节奏，并且把这个节奏分成一个四幕的节拍表。

但是这个节拍表只是一个半成品，因为里面仅仅规定了主线故事每分钟或者每十几分钟应该干吗，应该发展到哪一个剧本节奏。这个主线故事确实是整个剧本的主体部分，是新旧世界的转换，是你的海报上许诺给观众那个令人激动的主要情节。

但是我们在之前的章节中也提到过，一个电影剧本和主线情节相匹配和相调和，还需要一个辅线情节。或者说如果把主线故事当成A故事来讲，电影的节拍器里其实还应该有一条辅线情节，我们可以把它称为B故事。

---

① ［美］悉德·菲尔德：《电影剧作者疑难问题解决指南》，钟大丰、鲍玉珩译，中国电影出版社2002年6月第1版，第23页。

② ［美］悉德·菲尔德：《电影剧本写作基础》，鲍玉珩、钟大丰译，中国电影出版社2002年6月第1版，第15页。

B 故事往往是主角的爱情故事。B 故事的调性往往和 A 故事有明显的差异，以起到调节 A 故事气氛，让观众放松的作用。

所以如果我们把 B 故事也放进之前总结的节拍器里，B 故事就会贯穿整个第 2 幕、第 3 幕，从第 2 幕上半部开始，一直延续到第 3 幕的结尾，才正式了结。

所以现在我们来修正一下我们的节拍器，把 B 故事的节奏加入整个节拍器的段落，这时会发现把 A、B 两个故事交叉在一起，才是一个完整的电影节拍表。

第 1 幕：旧世界的平衡（铺垫）（第 1 ~ 25 分钟）

惊爆点（催化剂）（第 15 分钟）

第 1 幕与第 2 幕间的衔接点：新世界与旧世界的转换（第 25 分钟）

第 2 幕：新世界的崩塌（“娱乐游戏”）（第 25 ~ 55 分钟）

B 故事开始（第 25 ~ 55 分钟）

第 2 幕与第 3 幕间的衔接点：中间点，坏蛋逼近，虚假的胜利（第 55 分钟）

B 故事中间点，虚假胜利（第 55 分钟）

第 3 幕：投入新世界的对抗（第 55 ~ 75 分钟）

第 3 幕与第 4 幕间的衔接点：“一无所有”场面（第 75 ~ 85 分钟）

B 故事结束，A、B 故事交叉，B 故事助燃“一无所有”场面

（1）虚假胜利被揭穿

（2）灵魂的黑夜

（3）死亡的气息

第 4 幕：奋力打出一个真正的新世界（建立真正新世界的平衡）（第 85 ~

110 分钟）

（1）再次出发

（2）高塔意外

（3）最终决斗

B 故事开始（第 25 ~ 55 分钟）。

B 故事总是在第 2 幕的前半段就正式登场了。虽然在第 1 幕里，B 故事的角色有可能已经出场（也可能没有出场），但是即使出场也只是一闪而过，没有构成一条完整的故事线索。

在第 2 幕的前半段，伴随着“娱乐游戏”的进行，B 故事和“娱乐游戏”应该是交替向前发展的。由于 B 故事的调性和主线故事是拉开了差距的，因此这个时候 B 故事其实起到的是调节主线故事情绪节奏的作用，以防止观众在一个节奏里走得时间太长，从而感到疲劳。

让主角除了主线故事以外，另外有一条情感线（爱情线），也是丰富主角的一种非常有效的方式。

“冲突可以来自对抗力量的任何一个、两个或所有三个层面。简单的故事纠葛是指，将所有冲突置于这三个层面的仅仅一个之上。”①

增加另一个主角的个人感情生活层面，可以很好地避免所有对抗力量都处于一个层面。

比如《律政俏佳人》的 B 故事就是标准的在第 2 幕开场。当女主角在哈佛法学院初受挫折以后，她飙车去美甲店，见到那个胖胖的美甲师的故事就是

① ［美］罗伯特 · 麦基：《故事》，周铁东译，中国电影出版社 2001 年 8 月第 1 版，第 249 页。

标准的 B 故事。这里的 B 故事没有表现为爱情故事，而是一个友情故事。

当女主角继续在哈佛法学院读书，出洋相、被嘲笑后，她决定改变。这一系列“娱乐游戏”发展的时候，B 故事也在稳步推进。女主角知道了美甲师的痛苦：前男友霸占了她的住处，还抢走了她心爱的狗。

女主角以法律知识帮助美甲师拿回了自己的狗，也在前男友面前找回了自信。

美甲师的故事其实和主线故事，即女主角上哈佛法学院的奇遇记没有任何关系，完全是用另一个调性的故事来调节主线故事。这个美甲师的 B 故事对于主线其实未产生任何情节上的影响。然而整部《律政俏佳人》充满着美丽、奢侈品、哈佛大学、夏威夷小姐、参议员家庭出身等高大上的代表社会上层的东西。这个时候来一个初中没毕业的、胖胖的、生活在底层的美甲师的世界，是一个非常好的补充和调整。这条线调节了观众观影的舒适度，也打开了整部电影的宽度。

在《特工佳丽》第 2 幕，女主角碰到罗得岛州的选美小姐。女主角从对她嫌弃，到和她相知，最终帮助她完成梦想（在台上点燃了指挥棒），构成了完整的 B 故事的线索。

仔细观察这些优秀商业电影的剧本结构，从第 25 分钟第 2 幕开始，B 故事便贯穿于整个第 2 幕和第 3 幕。

B 故事中间点（第 55 分钟）。

B 故事始终是围绕着调节主线故事的节奏展开的。当主线故事发展到第 2 幕结束、第 3 幕开始的时候，就是中间点。

中间点一般来说是主角完成虚假胜利的地方，因为经过整个第 2 幕对新世界的不适应、各种“娱乐游戏”之后，主角开始适应这个新的世界，这个新的世界也开始对主角有所回报。

这个时候B故事在这里往往也会达到一个安心和谐的状态。如果是爱情故事的话，也许这就是一个完美的亲热场景。让整个爱情故事经过整个第2幕的爬坡，达到最完美、最精彩的部分。

“在‘中点’处会出现另一个交集，就是‘A故事’和‘B故事’的相交。”①《律政俏佳人》的中间点，就是使用了B故事来助推的。女主角在哈佛法学院已经适应得很好，在主线故事的中间点，女主角通过优秀的学习让老师把她排入实习律师的行列，这是她在哈佛法学院整个求学阶段胜利的一大标志。

那么B故事也适时地达到一个和谐完美的高潮，美甲师在女主角的帮助下拿回了自己心爱的小狗，两个女人各自带着心爱的小狗在大雪纷飞的圣诞节平安夜，一起吃着温馨的晚餐。这是全剧最温馨、最舒适、最和谐的场面。这个场面既是主线故事的中间点的虚假胜利，也是B故事的中间点的虚假胜利。

同样的，在《永无止境》这部电影里，B故事的开始是男主角在第2幕，因为那个无往而不利的智商灵药，在社会上一下子成为非凡的天才。他在社会上无往而不利的时候，就是第2幕的“娱乐游戏”。这个时候B故事就是他赢回了和他已经分手的前女友，两人重新交往。到了B故事中间点的时候，两人一起租下了一套公寓，男主角把钥匙给了女友，两人确定关系正式同居。

这个时候主线故事发展到男主角因为投身金融界而暴富，上了《华尔街日报》的头条，石油大亨要约见他，他即将开启一段新的旅程。

主线故事的男主角在中间点获得了虚假的胜利，B故事也在这个点让他们的爱情故事发展到高潮。

---

① [美]布莱克·斯奈德：《救猫咪Ⅲ》，韩程、李晋林译，浙江大学出版社2013年5月第1版，第57页。

B 故事结束，A、B 故事交叉，B 故事助燃“一无所有”场面。

B 故事随着整个故事的发展，和主线故事的第 2 幕与第 3 幕相贯穿，到了第 3 幕结尾，主线故事里主角进入“一无所有”场面。这个时候 B 故事应该做一个收尾，这里的收尾是 B 故事最重要的一个节拍点。在这里 B 故事往往会和主线故事的节奏重合，A、B 两条线有时候会在剧情上就此交叉，即使不在剧情上交叉，也会在节奏上交叉。

交叉的点就是“一无所有”场面。

在“一无所有”场面里，主线故事的主角遭遇了失败，这个失败让他虚假的胜利完全崩溃，新的世界甚至还不如旧的世界，彻底被打到谷底。一般来说，这里还有一个重要的节奏，就是 B 故事也达到最低点，爱情彻底崩溃，主角不单单在事业上遭受重大的挫折，而且在情感上也遭受重大的挫折。

这里的挫折最常见的思路就是爱人的离开，或者与朋友的决裂。所以这个时候能在 B 故事上写到这个节奏点，又是 B 故事的结尾，就助燃了整个主线故事。

比如电影《大独裁者落难记》，我们之前举过的一个例子。男主角是一个中东的独裁者，偶然进入美国并且隐藏了身份，和一群反独裁分子生活在一起，还和一个反独裁团体的女领袖谈起了恋爱。整部电影写的是这个大独裁者在美国社会的生活，各种出丑、各种搞笑，当然主线故事是他一门心思想重登王位。B 故事自然就是这个大独裁者和那个反独裁团体的女领袖之间的爱情故事。

到了第 75 分钟“一无所有”场面出现，主角已经失去了所有复位的希望，看着傀儡一天天巩固自己的地位，他已经伤心欲绝，甚至准备跳金门大桥自杀。

B 故事这个时候适时地和主线故事交叉起来，两个人之间越来越默契，相知、相爱、表白、接吻、上床。在第 75 分钟，那个女领袖知道了这个大独裁者真实的身份，这个发现像晴天霹雳，一下子把他们的爱情关系打入了深渊。

两个人的爱情关系达到了冰点，直接助推了男主角的“一无所有”，成为他自杀的一个动力。

这里B故事和主线故事在剧情上交叉起来，共同让男主角达到了“一无所有”的状态。

再比如之前我反复提到的电影《永无止境》，男主角的事业发生重大挫折，他折腾了整整半部电影的能源公司并购计划因为对方老板的失败而搁浅。当他急得如同热锅上的蚂蚁的时候，同居女友提出了分手。分手的理由是，她已经知道男主角无往而不利的改变是因为那种神奇的药物NZT，那种药物能让人智商瞬间超过1000。

当知道这个惊人的事实，并且女友还亲自吃了1片NZT逃过追杀之后，她选择离开男主角，结束恋爱、同居关系。

个人爱情关系的崩溃给男主角的“一无所有”场面插上了最后一刀。

这就是B故事存在的意义和价值，它既调节了整部电影的调性、观众观影的情绪，又让主角拥有了丰富的侧面，而且在关键时刻，B故事会和主线故事交叉，以助推A故事的节奏。

四、内线和主线的交叉

其实从外部线索上来说，整个剧本的结构分成了主线故事和辅线故事，或者也可以用A故事和B故事来称呼。这点在上一章节里已经详细论述过。

但无论是主线故事还是辅线故事，都是主人公的外在故事。A故事往往是和主人公职业相关的故事，B故事则往往关乎主人公的爱情、友情等个人情感。但这里面还遗漏了一个重要的线索——内心成长线索。

我们把主人公内心的成长线索再拼接到整个剧本节拍表里，才是一个完整的剧本节拍器。

从人物的内心线索，或者人物的内心线索就是主角内在成长之路的角度出发，我把一个标准电影剧本主角的成长线索分成 5 部分，分别拼接在整个节拍表的 4 幕当中，注意每一个都不要放错位置。

第 1 幕：旧世界的平衡（铺垫）（第 1 ~ 25 分钟）

人物内心：安于现状，无力改变

惊爆点（催化剂）（第 15 分钟）

第 1 幕与第 2 幕间的衔接点：新世界与旧世界的转换（第 25 分钟）

第 2 幕：新世界的崩塌（“娱乐游戏”）（第 25 ~ 55 分钟）

人物内心：外力强迫不得不进入新的世界，旧的内心和新的世界格格不入

B 故事开始（第 25 ~ 55 分钟）

第 2 幕与第 3 幕间的衔接点：中间点，坏蛋逼近，虚假的胜利（第 55 分钟）

B 故事中间点，虚假胜利（第 55 分钟）

第 3 幕：投入新世界的对抗（第 55 ~ 75 分钟）

人物内心：一个宣言，内心真正改变的开始

第 3 幕与第 4 幕间的衔接点：“一无所有”场面（第 75 ~ 85 分钟）

B 故事结束，A、B 故事交叉，B 故事助燃“一无所有”场面

（1）虚假胜利被揭穿

（2）灵魂的黑夜

（3）死亡的气息

人物内心：绝望，对自己内心的转变完全崩溃，还不如没转变前

第 4 幕：奋力打出一个真正的新世界（建立真正新世界的平衡）（第 85 ~ 110 分钟）

（1）再次出发

（2）高塔意外

人物内心：深度挖掘出内心的力量，找到最终战胜魔王的钥匙

（3）最终决斗

1. 第 1 幕　人物内心：安于现状，无力改变

第 1 幕是主角内心成长线索的起点，这个起点往往是一个人物内心世界的展示，也同样是人物内心世界在旧世界的平衡。

主人公在第 1 幕里，特别是第 1 幕前 15 分钟，主线故事还处于铺垫状态的时候，内心线索的第 1 种情况就是接受现状，无力改变。第 2 种情况就是安于现状，不想改变。

《律政俏佳人》的故事就是如此。女主角在第 1 幕前 15 分钟，醉心于做一个胸大无脑的金发美女，将来嫁入豪门，成为阔太太，一生混迹于名流圈就是她全部的理想。她不想改变这一切，觉得这一切非常令她满意。

我所撰写的电影故事《7 把枪》也是如此。主人公王洪合在这个小镇上，做着区委书记，在这里建立农会、建立民兵组织赈灾救济百姓，一切都顺理成章，主角对一切都很满意，不想改变。

另一种情况就是虽然不满现状，但是完全无力改变。

《永无止境》的男主角，一个潦倒的科幻小说作者，在家憋了几个星期，一个字都写不出来，说江郎才尽都是恭维他，因为他从来都没有写出过精彩的作品，一直苦苦地想写出出色的作品，但是无奈于没有才华。这是典型的无力

改变现状，内心只能安于现状的状态。

再比如《虎胆龙威》，男主角约翰·麦卡伦作为一个纽约的小警察，和妻子分居且矛盾重重，妻子的事业越来越成功，成为跨国集团的高层，而他始终是个普通警察。妻子提出了离婚，尽管他对自己的境遇非常不满，但是对于改变这一切毫无办法，内心只好不情愿地接受。

2. 第 2 幕　人物内心：外力强迫不得不进入新的世界，旧的内心和新的世界格格不入

在第 2 幕的时候，或者说从第 1 幕的催化剂开始，人物的内心线索其实就进入了一个新的阶段。

我非常喜欢把它称为“外力强迫改变，内心安然无恙”。

这个时候人物的内心对世界的看法、对自己的看法，价值观其实没有丝毫变化，只是外力使得他进入一个新的世界。在这个新的世界里，他遭遇了之前没有遇到过的一系列情况，于是他完全不适应，出丑、闹笑话，导致了各种各样的意外发生。

这个时候旧的内心和新的世界的冲突是整个剧本的主要矛盾冲突，也就是第 2 幕“娱乐游戏”的深层原因。在第 2 幕，通常和主角在第 4 幕决战的真正的反派力量还引而未发。

比如之前我提到的电影《特工佳丽》就是一个非常明显的例子。第 1 幕给我们铺垫了一个 FBI 的优秀女探员，她没有个人感情生活，超级男人婆，毫无女人味，甚至她内心对这种完全充斥着男性激情的纯工作状态非常接受，安于现状。

当催化剂到来的时候，这个超级男人婆要去美国小姐选美会做卧底，也就是说她要去做美国小姐选美候选人。对于这个超级男人婆来说，美国小姐选

美会是她从来没听说过的另外一个新世界。

她在第 2 幕一脚踏入这个世界，到了这个世界之后，以前她从来不屑的美容、美发、洗牙、唇膏、垫胸等一切让人美丽的东西接踵而来，于是她很快被打造成一个超级大美女。

但是整个第 2 幕，她虽然模样变得漂亮，虽然混迹于美国小姐选美会并且没有被人揭穿，但是内心其实毫无改变。她仍然信奉她自己的人生哲学，这些漂亮的芭比娃娃是无聊的、讨厌的、邪恶的，她只是因为工作才不得不进入这个世界，才不得不打扮得像一个芭比娃娃，她向往的期望的还是那个男人婆超级探员。

非常典型的外在进入了新世界，什么都改变了，内心安然无恙，一点儿都没变化。这个时候尽管身体进入了这个新世界，但内心还在嘲讽、讥笑这个新世界。

再比如我自己撰写的电影剧本《7 把枪》，第 1 幕是区委书记王洪合在村子里建立农会、建立民兵组织等旧世界。当土匪包围村庄的时候，新的战争的环境来了，他必须立刻行动起来，组织一支部队和土匪来一场大战。

在第 2 幕的时候，王洪合进入了这个组织部队的新世界，虽然他已开始做战争准备，虽然他已开始组织民兵、组织枪支弹药，但是在他的眼里，村庄还是村庄，村民还是村民，这些村民还是和他组织农会、救灾时候的村民一模一样，村长也还是那个处处帮助他的村长。他哪里想得到，他内心对村长、村民的看法毫无改变，村民和村长却早就暗暗下定决心，谁也不会真正出来帮他打仗，他们决定用各种各样的理由来搪塞他、孤立他，让他成为光杆司令。

王洪合在第 2 幕面对的新世界是和旧世界完全不同的世界，但是他内心还是顽固地拒绝改变，仍然坚持第 1 幕时的看法和立场。

所以在教授剧本创作的过程中，很多学生会问我一个问题：如果说戏剧就是冲突的话，那么第 2 幕与第 3 幕间的衔接点才是“坏蛋逼近”，第 2 幕反派只是引而未发，那么你又说第 2 幕的“娱乐游戏”是最精彩的部分，那么最精彩的部分难道是没有冲突的？

我通常会告诉他们，如果只考虑外部冲突，标准格式的剧本确实到第 3 幕才真正出现冲突，而第 2 幕似乎外部动作缺失。但是第 2 幕最精彩的部分是内心是旧世界，外在是新世界，内心和外在的冲突才是这一幕最重要的冲突点。也就是说第 2 幕不单冲突满满，而且内心世界和外在世界的冲突也是所有冲突中最具看点的。

3. 第 2 幕或第 3 幕　人物内心：一个宣言，内心真正改变的开始

在经历了第 2 幕内心世界和新的外部世界格格不入之后，在剧本第 2 幕的后半部分，或者到中间点，或者最多到第 3 幕的开头部分，一定会有人物内心成长最重要的环节，我把这个环节称为“一个宣言”。

这个人物内心的宣言就是：我从内心来说决定改变自己，我从内心来说决定融入这个世界。

“到了第 60 页，你的英雄将把他在第 3 页作为一个梦想陈述的目标大声而笃定地说出来。”①

这就是人物主动行动的一个宣言，之前更多的是被动地在这个新世界里做出反应。这是人物成长中必不可少的环节，一般来说在中间点之前或者之后的位置比较妥当。

这个位置不宜过于靠前，因为需要留出足够的篇幅给“娱乐游戏”部分，

---

① ［美］维基·金：《21 天搞定电影剧本》，周舟译，北京联合出版公司 2015 年 6 月第 1 版，第 78 页。

也不宜过于靠后，因为后面虚假的胜利，第 3 幕和反派的争斗，人物的内心应该已经产生了重大的变化。

比如《律政俏佳人》，女主角刚刚进入哈佛法学院的时候，就是一个胸大无脑的漂亮芭比娃娃，闹了各种各样的笑话，出了各种各样的丑。当第 2 幕前半段把她出的丑、闹的笑话全部玩足，全部展示给观众以后，前男友给女主角的一句评论就是：拜托，你严肃点儿，这里是哈佛。

女主角大吃一惊，她终于明白了，她考入了哈佛法学院，其实没有人真正把她当成哈佛法学院的学生，在大家眼里，她仍然是那个虚有其表的芭比娃娃，而她的内心也确实不曾改变过。

这个时候女主角发表了一个宣言，一个内心自我的宣言：我要让你们看看！

接下来这个漂亮的芭比娃娃开始主动读书，主动学习法学高深的知识，主动融入哈佛法学院这个曾经她不屑的无聊的书呆子待的地方。

一个宣言，内心开始改变，这是人物内心成长线索的起点。

再比如经典的商业电影《钢铁侠》，影片一开场男主角就是一个无耻的只想赚钱的花花公子军火商。对他来说，谁生谁死并不重要，他的军火杀死了好人还是坏人也不重要，重要的是卖出了钱，有了钱他就可以和《花花公子》杂志上一年内 12 个月每一期的封面女郎约会。

催化剂过后，他在前线被恐怖分子劫持，进入了新的世界。在新的世界里，他仍然是那个骄傲的超级富豪军火商，自己制造了一身盔甲，打出了恐怖分子的营地，回到了美国。

在美国，他继续玩超级跑车，继续香车美女的生活，继续开发他的超级杀人武器。

到了第 2 幕结尾，接近中间点的部分，他听说中东一个村庄的百姓正在遭受种族灭绝和屠杀，而当他听说那个村庄就是当年在恐怖分子的山洞里，舍命救他的那个恩人的家乡的时候，他发出了一个能表现他内心转变的宣言。

他穿上自己制造的飞行盔甲，杀到那个地方，救出了那些无辜的平民，狠狠地干掉了所有的恐怖分子。对他来说，这是他第一次用自己制造的致命武器行侠仗义，扶危济困，也是他第一次做一个侠，而不是为了钱不顾一切的商人。

从内心世界来说，他第一次主动改变自己，使自己成了“钢铁侠”。虽然英文没法直接表达这个“侠”，只能用“钢铁人”这样的称呼，但是中译名里的这个“侠”字太贴切了，“侠”意味着不但要有武力，而且内心要有扶危济困的侠义精神。从这一点来说，《钢铁侠》的主角在这个宣言过后，真正开始成长为一个大侠，一个超级英雄。

4. 第 3 幕与第 4 幕间的衔接点　人物内心：绝望，对自己内心的转变完全崩溃，还不如没转变前

如果说上一个节奏点，人物喊出了自己的成长宣言，那是人物从成长道路上来说最畅快的一个点，那么经过整个第 3 幕的冲突，内心已经发生改变的主人公在新世界走了一程之后，需要一个强有力的第 3 幕的结尾。

从主线剧情上来说，这个时候应该展现主人公境遇最差，“一无所有”的场面。从人物成长上来说，这个时候也应该把人物的成长彻底击溃。

要特别注意的是，人物成长内心的崩溃最重要的标志，就是主人公认识到，现在他内心的成长也许还不如旧世界原先的自己。在所有的崩溃中，这个崩溃烈度最大，效果最好。

还是以《律政俏佳人》为例，当女主角来到了哈佛法学院，终于发表了宣言，开始努力读书，想要摆脱之前内心对自己胸大无脑的芭比娃娃的定位，

而成为一个学问出色、事业成功的女人的时候，她适时进入了第 3 幕，在第 3 幕她甚至有机会参与到一起谋杀案做见习律师。

随着第 3 幕的胜利越来越多，女主角越来越适应这个哈佛法学院高才生、未来大律师的身份。在她心目中，自己已经彻底摆脱了第 1 幕那个只有脸没有头脑的芭比娃娃的自我定位。

这个时候，给她一个“一无所有”场面。她的律师老师原来是觊觎她的美貌，只想潜规则她。这个“一无所有”场面像一个超级炸弹，毁掉了女主角现在的生活，使她不可能再延续她的见习律师生涯。最重要的是，这个“一无所有”场面毁掉了她对自我新的认知。

女主角发现自己兜兜转转了一大圈，以为自己已经是一个智慧超群、凭借才能出众的女生，结果在别人眼里她还是一个漂亮的芭比娃娃。原来之前她获得的一切，成为见习律师，在谋杀案的调查中表现出色，都只因为她是芭比娃娃。

这个可怕的发现让她瞬间跌入冰点，她开始怀疑之前来哈佛法学院的选择，她开始怀疑芭比娃娃再努力也不可能被人认可。

女主角一度准备放弃哈佛法学院，重新回到原点做那个漂亮的芭比娃娃。其实这种回到原点是比原点还大大不如，因为以前做一个漂亮的芭比娃娃至少还充满信心、充满自我认同感，这次再回去做芭比娃娃那就是毫无自尊的战场上的残兵败将，无奈地灰溜溜地回到原点。

“一无所有”场面里让主角的新的自我认知轰然倒塌，这是人物成长道路上最重要的情节点，也是最为有效的情节点。

《特工佳丽》的第 3 幕结尾，也采用了完全相似的套路。女主角在第 1 幕里是个绝对的把 FBI 女探员的身份当成生活全部的超级男人婆，她没有爱情，也自认为不需要爱情，不需要私人感情。

第 2 幕她被迫进入美国小姐选美会，第 3 幕她终于发表了一个自我宣言，开始抛弃之前的想法，探员不是她生活的全部，她接受了自己也可以美丽，美丽不影响她的干练能力，她也可以恋爱，她在变美之后使用女性的魅力也没什么不对，她还惊讶地发现她的女性魅力对异性效果很好。

当女主角彻底接受了新的自我之后，第 3 幕结尾给了她一个“一无所有”场面，她的行动被彻底取消了，奉命离开选美会的现场。

当她坚持抗命留下来时，她不单单无法再执行任务，无法再继续那种可以很美很有异性吸引力，同样还是一个超级 FBI 探员这样的自我认定。

她被命令交出徽章和手枪，并被取消探员的身份。从第 1 幕她的生活只有徽章和手枪，到第 2 幕、第 3 幕她开始接受这样的自己，徽章、手枪和漂亮的发胶、漂亮的唇膏并不冲突，可以结合得很好。到第 3 幕结尾的时候，一切迷梦结束了，漂亮的发胶、漂亮的唇膏不复存在，而最关键的是她的徽章也被剥夺了。

新的自我认知崩塌之后，甚至还不如旧的世界的自我认知。

5. 第 4 幕　人物内心：深度挖掘出内心的力量，找到最终战胜魔王的钥匙

主人公内心的成长在第 3 幕和第 4 幕间的衔接点，也就是“一无所有”场面的时候，遭受了巨大的挑战。在这个节奏点，主人公开始意识到，成长之后的自己甚至还不如旧的世界的自己。这是人物跌入冰点的状态。

到了第 4 幕，主人公决定重新出发，决定与黑势力做最后决战。这个所谓的重新出发是从外在线索上来说的，主人公从“一无所有”场面里觉醒，再次踏上决战的征程。

要特别注意的是，主人公外部线索已再次出发，主人公内心成长线索还

没有走出自我怀疑、自我否定。

这个时候需要在第 4 幕里有一个重要的节奏点，让人物完成那个最最重要的内在的自我肯定。

一般来说，这个节奏点是在“高塔意外”之后。

在第 4 幕，当主人公再次出发，大杀四方之后，会有一个出乎他意料的大逆转，叫“高塔意外”。这个之前已经详细阐述过，这里不再赘述。

主人公在经历“高塔意外”，眼见就要失败的时候，需要一个内心成长最重要的节奏点——**深度挖掘**。

也就是说，在经历了“高塔意外”之后，主人公发现一切的一切都是虚幻，成功是根本不可能的，这个时候，到底怎么才能摆脱困境？到底怎么才能战胜真正的大魔王？

这个时候所有外在的线索、方法、条件都已经用尽了、消失了，剩下最后一种方法就是主人公要从自己内心世界去挖掘力量，这种力量是以前他从来都不会感受到的，这种力量是以前他从来都不会去想的。主人公要把这股力量挖掘出来，彻底改变自己的内心，从改变内心、改变价值观的过程中彻底找到新的力量来打败大魔王。

比如电影《律政俏佳人》，当女主角度过了“一无所有”场面和灵魂的黑夜之后，她决定再次出发，她昂首进入法庭，不再做律师助理，而是成为谋杀案的主辩护律师，这件事获得了法官和检察官的双重认同。

紧接着电影第 4 幕最后的决战开始了，然而在她意气风发地登上战场之后，才发现要想帮她的当事人脱罪，几乎是不可能的，因为所有的证据都非常不利于她的当事人。这个时候她遭遇了“高塔意外”，感受到自己作为一个法律界新人的不成熟、懦弱以及无法胜任，于是再度出现了自我怀疑：是不是她还是那个胸大无脑，只会穿漂亮衣服逛舞会的芭比娃娃，法庭真的不适合她？

当询问最重要的证人的时候，证人的一句话引起了女主角高度的怀疑。证人说自己在烫发当天洗澡的时候听到了枪声。

这个时候女主角敏锐地意识到这个证人在撒谎，女主角曾经是个满脑子粉红泡泡的芭比娃娃，烫发这件事对她来说实在是太轻车熟路。烫发之后，不可以立刻洗澡是常识，这个女证人明显违反常识的话被女主角一阵穷追猛打，最终坐实了这个证人才是杀人凶手。

女主角最终可以逆转获胜，来源于她对自己能力的深度发掘，她以前总是把烫发、漂亮的衣服、胸大无脑的芭比娃娃和法庭条文、官司、律师区分开来，似乎进入了前者就不能进入后者、进入了后者就不能进入前者。女主角在整部电影中一直努力摆脱自身芭比娃娃的定位，进入哈佛法学院成为一个合格的律师。

在第 4 幕这个关键的时刻，她深度挖掘出自己身上的潜能，她对法律条文不够熟悉，在律师这个行业也只是一个没经验的新手，但是在烫发、洗浴、女子美容方面她是顶级的专家。她用这个领域丰富的知识找到了证人证词里最最重要的漏洞，一举击溃了对手。

“A 故事和 B 故事的经典融合方法是主角从‘女孩’那里得到启发，使他意识到打败坏蛋的方法和赢得至爱芳心的关键。”①

从另一条线索、从另一个世界里挖掘出最终战胜大魔王的方法。

这个深入挖掘非常精彩，剧本花了整整 100 分钟来写芭比娃娃的世界和律师的世界的格格不入，非黑即白。而在深入挖掘的这个层面，女主角巧妙地

① ［美］布莱克·斯奈德：《救猫咪》，王旭锋译，浙江大学出版社 2011 年 1 月第 1 版，第 72 页。

把这两个世界连接了起来，芭比娃娃世界的佼佼者恰恰利用芭比娃娃的知识打赢了这场官司。

“成长发生在你的内部。你发现一种新的方法来理解周围的一切，当你用一种新的方式来看待他们时，周围的一切因此都变了。”①

这是一个完美地使用了深入挖掘的案例。

实际上在这次深入挖掘之后，女主角对这个世界的看法也彻底改变了。因为她意识到，这个世界上不是漂亮性感就天生排斥智慧、才华，拥有智慧和才华也不代表必须丑陋，她以前一直希望摆脱别人对她美貌的认知，让别人能看到她身上的智慧和才华，在经历了这一个深层的挖掘之后，她昂首离开法庭，决定再也不隐藏和掩饰她的美貌，美貌和智慧是可以共存的，她决心做一个既美貌又智慧超凡的女律师。

发掘经常是从一个意想不到的地方去发掘，而且更有意思的是，发掘经常是从旧的世界里发掘出新的东西。如果说之前旧世界和新世界是彻底的不一样，彻底的互相排斥，主角是一门心思地摆脱旧进入新，那么深入发掘往往是将新旧调和起来，在旧世界里居然找到了在新世界解决困境的方法。

五、完整的“三线”节拍表

到这里，我分别从主线故事的节拍表、辅线故事的节拍表以及内心成长线索 3 个角度把整个电影剧本的结构做了一个详细的分析。请所有有志于学习编剧的初学者们、读者们，牢牢记住下面这张图表，这是我对电影剧本结构

① ［美］维基·金：《21 天搞定电影剧本》，周舟译，北京联合出版公司 2015 年 6 月第 1 版，第 116 页。

最终的一个总结，融合了我十几年编剧教学的经验和十几年剧本写作的实践经验。

第 1 幕：旧世界的平衡（铺垫）（第 1 ~ 25 分钟）

人物内心：安于现状，无力改变

惊爆点（催化剂）（第 15 分钟）

第 1 幕与第 2 幕间的衔接点：新世界与旧世界的转换（第 25 分钟）

第 2 幕：新世界的崩塌（“娱乐游戏”）（第 25 ~ 55 分钟）

人物内心：外力强迫不得不进入新的世界，旧的内心和新的世界格格不入

B 故事开始（第 25 ~ 55 分钟）

第 2 幕与第 3 幕间的衔接点：中间点，坏蛋逼近，虚假的胜利（第 55 分钟）

B 故事中间点，虚假胜利（第 55 分钟）

第 3 幕：投入新世界的对抗（第 55 ~ 75 分钟）

人物内心：一个宣言，内心真正改变的开始

第 3 幕与第 4 幕间的衔接点：“一无所有”场面（第 75 ~ 85 分钟）

B 故事结束，A、B 故事交叉，B 故事助燃“一无所有”场面

（1）虚假胜利被揭穿

（2）灵魂的黑夜

（3）死亡的气息

人物内心：绝望，对自己内心的转变完全崩溃，还不如没转变前

第 4 幕：奋力打出一个真正的新世界（建立真正新世界的平衡）（第 85 ~ 110 分钟）

（1）再次出发

（2）高塔意外

人物内心：深度挖掘出内心的力量，找到最终战胜魔王的钥匙

（3）最终决斗

下一章，我会使用一部完整的电影作为案例，详细分析整个剧本的架构方法以及所有的这些方法所起的作用。

第五章

结构案例:《功夫熊猫 1》

在本章，我们用一个电影的案例来分析整个剧本结构的节拍器是如何运作的，尤其是主线故事、辅线故事和人物内心成长这三条线索是如何交织往前推进的。

这里我选取了动画电影《功夫熊猫 1》作为典型案例进行分析。实际上在电影剧本中，动画电影剧本的一大特色就是剧本结构往往非常工整。究其原因，大概是动画电影的主要观众群是儿童，所以对于剧本吸引观众的注意力的要求更高。越是成人观众，越是有一定的容忍度，一个小小的节奏的停顿忍忍也就过去了，成人观众可以为后面精彩的部分忍受小小的沉闷，儿童观众则不然。一个 5 分钟的节奏停顿或者沉闷，整部电影就会被他们放弃。因此，动画电影的结构对于工整性、完整性的要求往往更高。

1. 第 1 幕：旧世界的平衡（铺垫）（第 1 ～ 25 分钟）

《功夫熊猫 1》的第 1 幕就是一个完美铺垫的典型案例。

这是一个旧的世界，阿宝这只熊猫就是这个旧的世界里一个不起眼的小人物。

在这个动画的世界里，阿宝只是面馆的跑堂，日复一日、年复一年地为客人们端面，帮助父亲煮面。尽管他们的面远近闻名，但是阿宝的命运在旧的世界里已经完全被规定好了。

将来阿宝会像他父亲一样，从自己的父亲手里继承面馆，做一个煮面的大师傅和面馆的老板，娶妻生子，最后把儿子也培养得和自己一模一样。

对这种死气沉沉的传承，电影还专门用墙上几张照片的更替来进行视觉的表达，面馆墙上的照片一幅一幅地更替，表达了这种传承，这个旧世界的平衡的力量有多么顽固。

阿宝是这个旧世界里的一个小人物，他根本就逃脱不了这个循环、这个平衡。

第 1 幕旧世界是什么样子的，旧世界的运行法则是什么样子的，都是用了最大的篇幅来描写的。

虽然这里写的是旧世界，但是在描写旧世界的时候，隐约把新世界的冰山一角也悄悄地交代给观众。

新世界是武侠的世界，功夫的世界。从视觉表达上来说，旧世界是山下的市井生活的世界，而新世界就是山上的功夫的世界。

人物内心：安于现状，无力改变。

在整个第 1 幕的铺垫中，我们可以看出主人公阿宝的内心世界，基本上是安于现状，无力改变。

实际上从开场阿宝的梦境来看，他的内心充满了对新世界，也就是功夫世界的向往，但是一醒来，他面对的人生就是早就设计好的一成不变。

他根本无力改变自己的命运，对此也一清二楚，所以安于现在在面馆跑堂，将来成为面馆老板的人生而无力改变。

即使在武道大会门外，阿宝用尽全身的力气，向父亲喊出“我爱功夫”，然而喊出这个内心最潜意识的渴望之后，阿宝选择和父亲一起老老实实回面馆，即使最爱的武道大会选举“神龙大侠”，他也不看了。

他对旧世界的所有抵抗在这一声长啸中全部都终结了，满意了，他知道自己无力改变这一切，只好安于现状。

B 故事：还没展开。

整个《功夫熊猫 1》的 B 故事是友情故事，是阿宝和“神奇五侠”之间个人情感的故事。

在第 1 幕里 B 故事完全没有展开，仅仅在阿宝的梦里，先把“神奇五侠”交代给观众，再把阿宝是“神奇五侠”的粉丝这件事透露给观众。

惊爆点（催化剂）（第 15 分钟）。

《功夫熊猫 1》改变了整个剧情走向，改变了人物走向，击破旧世界的那个惊爆点，或者我们也可以把它称为剧情催化剂的那个点，就是剧本的第 15 分钟，那个龟仙人的一指。

那仅仅是一个意外，但是意外改变了一切。剧情的惊爆点完全可以是一个偶然或者意外，并非一定是逻辑上必然发生的事件。

龟仙人在武道大会的一指，应该能指出谁是“神龙大侠”，“神龙大侠”是功夫世界的正宗传人。

本来龟仙人指向的是老虎，结果阿宝阴错阳差，直接坐着爆竹飞船冲了进来。龟仙人这继承人的一指指向了阿宝，于是阿宝成了“神龙大侠”的指定传人。

龟仙人还是玄学大师，在他看来一切都是天注定，这个世界的运行规则没有什么偶然，既然这一指指向阿宝，阿宝就从面馆继承人，未来的面馆主人变成了“神龙大侠”的继承人，功夫世界的主人。

这个惊爆点直接摧毁了之前平衡的旧世界。阿宝的生活和命运就此改变，从旧的世界一脚踏入了新的世界。

一个半点儿功夫都不会，贪吃的傻胖子，面馆跑堂被指定为功夫世界的传人，他该怎么从头习武？该怎么和天生武神附体的大反派太郎作战？

从惊爆点来看，这就是这部电影的故事核，这是一个巨大的反差，当阿宝被指定为“神龙大侠”的传人时，我们明白了为什么之前要铺垫阿宝的肥胖、笨拙、呆萌。这不仅仅是因为动画片的需要，不仅仅是为了搞笑，最关键的是制造了这个决然的反差。

经过了这个惊爆点之后，观众都在期待第 2 幕的娱乐。我们都猜得到，这个不会武功的傻胖子进入功夫的新世界，会有多少笑话要闹、多少洋相要出、多少毛病表现出来。

第 1 幕与第 2 幕间的衔接点：新世界与旧世界的转换（第 25 分钟）。

伴随着惊爆点的出现，第 25 分钟同时也是第 1 幕和第 2 幕之间的转换，这个转换就是旧的世界和新的世界的转换。

旧的世界就是山下的世界，是平凡的世界，是一辈子在面馆生活的世界，是从出生到将来继承面馆成为面馆主人，一眼望得到头的世界。新的世界是山上的世界，是功夫的世界，这里面有浪漫，这里面有侠义，这里面有梦想，这里面的世界和平凡而平庸的山下世界正好形成一个鲜明的对比。

所以从这个角度来说，《功夫熊猫 1》用最最直观的视觉表达来告诉观众这两个世界截然的区分。

山下的世界是一个平凡世俗的世界，从这个平凡世俗的世界往山上看，那个高耸在山冈上、云烟缭绕的功夫圣地，就是新的世界，一个浪漫的充满幻想的功夫的世界。

这个第 1 幕与第 2 幕的转换就是阿宝从旧世界到新世界的转换。第 1 幕的阿宝基本生活在山下，而之后阿宝所经历的事情，几乎都发生在山上的新的世界。

2. 第 2 幕：新世界的崩塌（“娱乐游戏”）（第 25 ～ 55 分钟）

接下来就是第 2 幕兑现你向观众许下的承诺的时候。你告诉观众，一个傻乎乎的没有任何武术基础的胖胖的熊猫进入功夫的世界（这是一个极大的反差），那么接下来你就把这个反差所产生的娱乐效果全部体现出来。

我们看到阿宝是怎么在练功房里被蹂躏的，是怎么弄坏宝物的，是怎么对功夫一窍不通的，是怎么无法获得任何人的信任的，他在这个世界里出尽了洋相、丢尽了丑。

这就是“娱乐游戏”，就是兑现给观众的承诺，电影花了最大的篇幅把这些细节一一展现出来。

在大概 15 分钟的出洋相、出丑以后，师父忽然发现阿宝的特点，阿宝并不是没有潜力，当他饿了寻找食物的时候就浑身充满了力量。

于是，师父专门针对这个贪吃的傻胖子发明了一种训练功夫的方法，叫“食物训练法”。就是师父和阿宝一起争抢食物，在争抢食物的过程中，阿宝的潜能被一点一点地激发出来，他也一点一点地学会了功夫。至少从表面上看，阿宝开始慢慢地融入这个功夫的新世界。

人物内心：外力强迫不得不进入新的世界，旧的内心和新的世界格格不入。

从人物内心的角度来说，整个《功夫熊猫 1》的第 2 幕，人物内心没有什么必然的成长。阿宝的身体已经进入了山上的功夫的世界，内心还停留在山下那个平凡的世界。

阿宝其实和师父以及“神奇五侠”一样，认为龟仙人指他为“神龙大侠”只是一个美丽的意外，他根本没有资格做“神龙大侠”，甚至没有资格学功夫。

当在山上出洋相、出丑的时候，他立刻选择了怀疑和退缩，甚至打算偷偷溜回山下。

应该说，在第 2 幕只是一个外力迫使他进入了山上的功夫的世界，他的内心还是一个山下面馆老板的儿子，尽管向往功夫世界但是毫无信心。

B 故事开始（第 25 ~ 55 分钟）。

《功夫熊猫 1》的 B 故事是阿宝的个人情感故事，是关于他和师父以及“神奇五侠”之间的亲情和友情的故事。

从第 2 幕开始，B 故事其实已经悄然展开了。B 故事的开头，双方之间的关系是极其不融洽的，因为师父和“神奇五侠”从内心都看不起这个傻胖子，“神龙大侠”绝不可能是这个胖墩墩的熊猫。一开始，师父似乎只是为了赶走阿宝，而“神奇五侠”对阿宝的态度也似乎就是：你玷污了这个功夫的圣地，知趣的话建议你自己离开，不要再赖在这里。

之后龟仙人凭借着他深信不疑的玄学，坚持认定这个世界上没有意外，这个世界上一切都是必然的，因此不停地鼓励阿宝。

整个第 2 幕，“神奇五侠”一直没办法信任阿宝，当然也不可能相信阿宝是将来能够打败武学奇才太郎的那个命定之人。

其间，师父和阿宝的关系是有转变的。当师父发明了“食物训练法”之后，阿宝在争夺食物的过程当中学会了功夫，这个时候师父对阿宝刮目相看，真正开始用心地教授阿宝武术，把阿宝当成自己功夫世界的弟子。

接下来就到了全剧本的中间点。

第 2 幕与第 3 幕间的衔接点：中间点，坏蛋逼近，虚假的胜利（第 55 分钟）。

在“食物训练法”的最后一课上，当阿宝面对剩下的最后一个小笼包并从师父手中抢到的时候，就代表他已经学会了功夫。师父因材施教，从阿宝对食物的渴望中挖掘出他的潜力，教会了他功夫。

这个时候阿宝却把好不容易争抢到的最后一个小笼包还给了师父，这是熊猫阿宝对自我的肯定，也是他第一次表现出主动接近功夫、接近山上的世界。

这个时候师徒两人开始互相对拜。这就到了第 2 幕结束的时候，阿宝穿越了第 2 幕的“娱乐游戏”，出的洋相、丢的丑，各种自我怀疑，达到了一个虚假的胜利。这个胜利的标志就是师徒对拜。

其实在整个第 2 幕，师父和师兄们（“神奇五侠”）一直都并没把阿宝当成功夫世界的弟子，没把他当成和自己一样的功夫修行者，师父没把他看成徒弟，师兄也没把他看成师弟，这一切都是一个误会、一个意外。

在师徒对拜的那一刻，师父真正认了阿宝为徒弟，阿宝也确信自己可以学会功夫，成为山上功夫世界合格的一员。

这个点是人物获得虚假胜利的一个标志，同样是人物成长迈出的重要一步。

所以到了剧本的中间点的时候，“娱乐游戏”就完成了，B 故事向前推进了一大步，师父已经认可阿宝是他正式的合格的徒弟。而从内心成长来说，阿宝已经自我认同为功夫世界的一员了。

在虚假胜利中间点发生之后，立刻安排大反派逼近，这个时候太郎已经越狱，正杀向这里。太郎要抢夺“神龙大侠”的卷轴，并且要摧毁山上山下两个世界。

接下来就进入第 3 幕的对抗，我们看看如何与大反派展开对抗。

3. 第 3 幕：投入新世界的对抗（第 55 ～ 75 分钟）

太郎已经越狱，并且向这里杀过来。当坏蛋逼近，整个故事进入了第 3 幕，而第 3 幕就是对抗的过程。

其实按照最标准和最常规的写法，这里应该是主角阿宝上场和太郎展开几番大战的时候。

既然经历了学功夫，既然经历了虚假的胜利，现在师父也已经认可了阿宝这个徒弟，那么就应该让他和大反派作战了。

这个时候需要阿宝的一个内心宣言，他已经是功夫熊猫，而不是那个继承面馆的平凡的熊猫，应该在虚假的胜利之后迎难而上。

最标准的写法是先写阿宝用新学的功夫战胜太郎的几个手下，几个层次的虚假的胜利一个接一个，最后和太郎大战一败涂地，进入“一无所有”场面。

这是最常规的写法，《功夫熊猫 1》的第 3 幕没有按照这个常规的写法来写，而把阿宝对抗的时间延后了，把他内心的宣言也延后了，这稍微有点特殊。

《功夫熊猫 1》的第 3 幕的写法仍然是几个层次的对抗，但是并不是获得虚假胜利的阿宝，而是“神奇五侠”决定出马，与阿宝一起阻止太郎。于是“神奇五侠”和太郎之间进行了一场恶战，恶战的结果是“神奇五侠”一败涂地。

从大的节奏层面上来说，“神奇五侠”和太郎的大战完全符合对抗的节奏，但是这个时候没有派出主角，而是派出“神奇五侠”这样的配角，因此稍微有点特殊。

究其原因，主要是本片功夫熊猫阿宝确实是大主角，但是本片还有一个重要的元素是功夫，熊猫的打斗戏在后面大决战的时候会充分表现，而除了熊猫的功夫，电影还非常有必要向观众展示其他各种各样的功夫，如螳螂拳、虎拳、鹤拳等，这些都要利用这个契机来展示。

于是先把“神奇五侠”放在和太郎对抗的第一个层次上，把这些功夫展示出来，这样既满足了第 3 幕的对抗，又满足了展示各种眼花缭乱的功夫的需要。

在常规电影中，第 3 幕应该是主角出场对抗。而在《功夫熊猫 1》中，阿宝闪亮出场的时间延后了，因此这一次稍微特殊一些。

第 3 幕与第 4 幕间的衔接点：“一无所有”场面（第 75 ~ 85 分钟）。

（1）虚假胜利被揭穿

（2）灵魂的黑夜

（3）死亡的气息

当熊猫面对的是残兵败将的“神奇五侠”的时候，第 3 幕的对抗结束，进入第 3 幕与第 4 幕间的衔接点，即“一无所有”场面。

当“神奇五侠”失败之后，阿宝的第一反应绝不是自己去挑战太郎，而是觉得太郎是不可战胜的，大家都要完蛋了。所以他去求助于所谓的“神龙卷轴”这个外物，一旦发现外物失灵，便立刻绝望。

要特别注意的是，阿宝在第 2 幕进入了功夫的世界，在第 2 幕结尾的时候学会了功夫，在那个虚假胜利的中间点，他不单学会了功夫，而且在和师父的交流互动中，被师父正式认可为徒弟。

你会发现到这个“一无所有”场面的时候，尽管阿宝学会了功夫，尽管他是被指定的“神龙大侠”的传人，但是他似乎从来就没有想过要和太郎一战。阿宝天生就觉得自己根本不可能是太郎的对手，除非“神龙卷轴”能带给他什么。

阿宝在虚假胜利的时候，似乎已经完全学会了功夫，进入了功夫的世界，但是其实这是虚假的，好像外在身体已适应并融入了功夫的世界，其实当太郎杀到他面前的时候，阿宝暴露出他的内心和原来那个山下面馆跑堂的毫无两样。

在第 2 幕与第 3 幕间的衔接点建立起来的虚假的胜利，在第 3 幕结尾的“一无所有”场面被彻底揭穿，这是最精确漂亮的剧本的节奏点。

虚假胜利被揭穿之后，新的世界在主人公这里就崩塌了，而此时旧的世界也已经崩溃了。

太郎的到来，让整个山下村庄的居民都在逃难，这个时候阿宝新的世界已经崩溃，旧的世界（想要回到面馆重新开始）也已不复存在。

人物内心：绝望，对自己内心的转变完全崩溃，还不如没转变前。

从外部条件来说，旧的世界就此崩塌了。从阿宝的内心世界来说，也是一样。

第 1 幕阿宝虽然在旧的世界，但是对功夫的世界心向往之。

在第 3 幕结尾被现实击得粉碎之后，阿宝再次回到旧的世界，内心再也没有第 1 幕对功夫世界的向往，因为他曾经进入了那个世界，最终确定那个世界和他格格不入。

回到旧的世界还不如第 1 幕，就是因为主人公在新的世界走了一圈之后，彻底失去了希望之火。

在《功夫熊猫 1》里，阿宝灵魂的黑夜与死亡的气息就是他走下山的那一刻。走下山意味着他对新世界的尝试全部失败。

一般来说，“一无所有”场面里喜欢用一个人死亡来增加“一无所有”的悲剧气氛，特别是导师或者朋友的死亡是“一无所有”场面里最常使用的环节。

《功夫熊猫 1》没有使用外在人物死亡这个元素，而是用了一个象征死亡的重要的隐喻环节。

阿宝走下山，其实就是“一无所有”场面的死亡的气息。阿宝走下山，放弃和太郎一战，把太郎留给师父一个人，就是一种死亡。这个时候，那个功夫世界的阿宝已经彻底死亡了。

B 故事结束，A、B 故事交叉，B 故事助燃“一无所有”场面。

其实 B 故事在这里助燃了 A 故事的“一无所有”场面。

《功夫熊猫 1》里的 B 故事是阿宝和“神奇五侠”以及师父之间的情感故事。在第 2 幕里，从“神奇五侠”和师父对阿宝不信任，想赶他下山到逐步信任他，再到他和师父对拜，师父认可了他这个徒弟，整个过程描写得非常细腻。

但是到了第 3 幕，这种虚假的信任荡然无存。当太郎杀到的时候，我们发现“神奇五侠”是自己上阵，根本没有考虑阿宝。

当“神奇五侠”失败，师父发现“神龙卷轴”根本什么字都没有的时候，他的反应就是让阿宝赶紧下山逃命，选择独自来面对太郎。

似乎在师父心里，在“神奇五侠”这些师兄心里，阿宝还是那个面馆跑堂的，谁也不相信他可以和太郎一战。

在第 2 幕里，明明他们已经接纳了阿宝是他们功夫世界的一员，而这一刻似乎大家谁也不把他当真。

虚假的胜利在这里彻底崩溃，B 故事带来的个人情感上的认同在这一刻也彻底被揭穿，信任荡然无存。

所以阿宝才会失魂落魄地下山回到家，不单单是因为打不过太郎，“神龙卷轴”就是一个玩笑，还有一个重要的原因是师父和师兄根本没有认同他。

“一无所有”场面把主线故事、B 故事和主角内心成长的故事在这一刻全部串联起来，主线故事是太郎逼近，不可战胜，内心成长故事是阿宝的内心从未把自己真的看成功夫世界的一员，B 故事是师父和师兄也从没有把这个傻胖子看成可能的救世主，尽管龟仙人一直说阿宝才是命定的拯救世界的“神龙大侠”。

4. 第 4 幕：奋力打出一个真正的新世界（建立真正新世界的平衡）（第 85 ~ 110 分钟）

（1）再次出发

第 4 幕是决斗，肯定发生在主角阿宝和大反派太郎身上。而这个时候阿宝还在山下，和大家一起逃难，这就需要一个再次出发的场面。

这个场面肯定就是阿宝回到功夫世界的场面，这个场面意味着阿宝会从山下那个普通人的世界重新回归功夫世界。

这个场面还需要一种漂亮的仪式感，其实这种仪式感整部电影一直在向观众或暗示或明示。

阿宝回到山上的仪式感就是爬山，走过那高高的台阶，从山下走到山上。实际上在功夫类电影中，登上高高的阶梯，来到神秘的功夫世界，一直是电影导演用来表达神秘感的常用手法。

《卧虎藏龙》里的玉娇龙就是从山下一步一步攀登，到达山顶也就是武当派的总部。

阿宝重新登上山顶就是以一种仪式感表达再次出发，他要和太郎做最后的决斗。

当然《功夫熊猫 1》的调性是带有喜剧色彩的，所以这种仪式感的登山又被调侃了一番：阿宝的肥胖，登山之疲劳，对台阶之畏惧。虽然用喜剧的方式来展现，但这仍然是标准的仪式感的再次出发。

（2）深度挖掘

很多电影剧本的深度挖掘出现得比较晚，往往是在电影大决战的中间部分。《功夫熊猫 1》的深度挖掘出现得比较早，是在再次出发之前。

这也是一种很好的结构剧本的思路。

阿宝在“一无所有”，对功夫的世界绝望之后，认识到自己内心其实和第 1 幕的阿宝没有区别，只要“神龙卷轴”空无一字，他连面对太郎一战的勇气都没有。这里有一个教科书一般的深度挖掘，挖掘一个你所不知道的真相，挖掘一个潜藏在人物内心的他自己还没有感受到的力量。

这个深度挖掘当然伴随着突转与发现，而这个发现就来源于阿宝对山下面馆秘密的发掘。

阿宝家传家的做面绝技是什么？据说这种神秘的配方只有他们家有，而且一直秘不示人，用这个神秘的配方做出来的面就是天下无敌的美味。最后在这个精彩的深度挖掘的场面，父亲告诉阿宝，实际上他们家做面的秘方就是“没有秘方”！

如果说秘方就是一种心理作用，这种心理作用就是相信自己。阿宝这个时候想到了“神龙卷轴”上空无一字，便忽然明白了，“神龙卷轴”的空无一字和家里做面的秘方就是“没有秘方”是同一个道理。

这个道理叫相信自己，这个道理叫有勇气去面对。

整个《功夫熊猫 1》电影剧本的结构从一开始就营造出两个不同的世界，山下的世俗世界和山上的功夫世界，可以说第 1 幕、第 2 幕就是世俗世界和功夫世界的转换，然后在第 4 幕，居然将世俗世界和功夫世界用刚才我们说的这个“秘方”的桥梁沟通起来，两个世界忽然呈现出一种在内在层面水乳交融、同构的状态。

所以有人说第 1 幕叫“正题”，第 2 幕、第 3 幕叫“反题”，第 4 幕叫

"合题"，这个说法是非常贴切的。观众对主人公在旧世界里找到了新世界的答案这种方式非常认可。

我不是心理学家或哲学家，因而并不十分清楚，为什么观众对这类剧情认可度很高。但是多年来无论是反思自己的写作还是观察别人优秀的作品，实际上深度挖掘的时候，如果你的挖掘是从第 1 幕的旧的世界挖掘出你所不知道的真相，而用这个旧的世界的方法来拯救新的世界，这永远是观众最认可的方式，也是让观众情感上得到最大满足的方式。

实际上我们之前多次提及的电影《律政俏佳人》，女主角进入新的世界后，最终在法庭辩护当中能够取胜，恰恰也是依靠自己在烫发、洗发方面丰富的知识储备，而这个知识储备则来源于旧的芭比娃娃的世界。

编剧如果要在第 4 幕使用深度挖掘这个技巧，就一定要记住想办法从第 1 幕里去寻找。

既然你决定第 4 幕的深度挖掘要从第 1 幕旧的世界里寻找，那么你在第 1 幕里做足铺垫就是非常有必要的。

（3）最终决斗

《功夫熊猫 1》最终的决斗一定是发生在阿宝和太郎身上。一个电影剧本最终的决斗，一定会发生在主角和大反派身上，这一点毋庸置疑。

观众从电影一开始就在期待这个场面，因此一定要在电影的结尾彻底满足观众的这种期待，而万万不能让观众期待落空，这一点对编剧来说至关重要。

另外需要特别指明的是，从影片的一开场，就要非常明确地给观众铺垫，究竟谁是大反派。

《功夫熊猫 1》在第 1 幕的时候就反复提到了太郎，指出了师父的徒弟，那个大师兄太郎是叛徒、野心家。另外又专门在监狱让太郎出场，这些都很好地提示观众，最终的决斗将发生在这两个人身上。

最终的决斗分出了胜负，自然是主角取胜，但是这个取胜来源于他的深度挖掘。在《功夫熊猫 1》里，阿宝的深度挖掘就是从家族做面的秘方里找到了无字天书的奥秘。

在这个最终决斗的场面里，从外部动作来说是主角和大反派的最终决战，从人物的成长线索来说打败了大反派标志着人物最终的成熟、人物成长的完成。

阿宝在打败太郎，拯救整个村庄以后，所有人都向他行礼，向他致敬，叫他“master”（大师）。

这一刻，阿宝才真正确立了自己在功夫世界的地位。这一刻，他才从内心真正认可了自己是那个独一无二的“神龙大侠”。龟仙人指他为“神龙大侠”不是一次偶然，而是上天注定。

同样在最终的决斗中，除了主角外，其他的人物，朋友、师父、导师一切的一切都要退出故事。“神奇五侠”再厉害，在最终的决斗中也必须退居幕后，因为最终的决斗必须留给主角自己去解决，否则整个电影剧本无法自洽，人物也无法真正完成成长。

所以最后阿宝一定是单枪匹马战胜了太郎，这个时候“神奇五侠”的作用只有一个，就是在阿宝胜利之后，作揖致敬，叫他“master”。

在这里，“神奇五侠”作为最重要的配角，作用只有一个，通过他们的行礼来让主角成长的这个仪式更完整。

这就是整个剧本的收尾。

参考文献

［美］罗伯特·麦基:《故事》，周铁东译，中国电影出版社 2001 年版。

［美］悉德·菲尔德:《电影剧本写作基础》，鲍玉珩、钟大丰译，中国电影出版社 2002 年版。

［美］悉德·菲尔德:《电影剧本写作基础》，钟大丰、鲍玉珩译，世界图书出版公司北京公司 2012 年版。

［美］悉德·菲尔德:《电影剧作者疑难问题解决指南》，钟大丰、鲍玉珩译，中国电影出版社 2002 年版。

［美］布莱克·斯奈德:《救猫咪》，王旭锋译，浙江大学出版社 2011 年版。

［美］布莱克·斯奈德:《救猫咪Ⅱ》，汪振城译，浙江大学出版社 2011 年版。

［美］布莱克·斯奈德:《救猫咪Ⅲ》，韩程、李晋林译，浙江大学出版社 2013 年版。

［美］维基·金:《21 天搞定电影剧本》，周舟译，北京联合出版公司 2015 年版。

［英］威廉·阿契尔:《剧作法》，吴钧燮、聂文杞译，中国戏剧出版社 2004 年版。